Doris Dörrie

Happy

Ein Drama

Diogenes

Die Erstausgabe erschien 2001 im Diogenes Verlag

Umschlagillustration:
Jack Vettriano,
›Something in the Air‹, 1999
Mit freundlicher Genehmigung
der Portland Gallery, London

Veröffentlicht als Diogenes Taschenbuch, 2002

www.diogenes.ch
200/02/8/2
ISBN 3 257 23355 8

Erste Szene

Flug über Berlin bei Nacht. Anfangs nur glitzernde, unscharfe Lichter, dann erkennt man Gebäude, Straßen, Häuser. Schließlich ein Wohnhaus mit erleuchteten Fenstern, ein Fenster – durch das wir in eine ziemlich ärmliche Einzimmerwohnung sehen. Emilia, 30, allein. Sie ist ungeschminkt, trägt schlabberige Allerweltsklamotten, hört ganz laut Musik und tanzt dazu. Überhört fast das Klingeln an der Haustür. Macht endlich auf. Es ist Felix, 32, er trägt einen smarten Anzug, der nicht wirklich gut sitzt. Beide gehören nicht unbedingt zu den Gewinnern, so viel ist auf den ersten Blick schon klar.

FELIX Ich klingle schon seit fünf Minuten.

EMILIA 'tschuldigung. Ich hab nur ein bißchen getanzt... Aggressionen rauslassen, damit ich nachher nicht meine Pumpgun aus der Handtasche hole und alle umlege.

FELIX Wie du aussiehst!

EMILIA Wie seh ich denn aus?

FELIX Scheiße. Scheiße siehst du aus.

EMILIA Selber.

FELIX Wir haben eben prima zusammengepaßt. Komm her, altes Haus, laß dich küssen.

Emilia wendet sich ab.

EMILIA Willst du was trinken? Wir haben noch Zeit, und ich will nicht die erste sein, sonst muß ich erzählen wie's mir geht.

Emilia gibt ihm ein Glas.

FELIX *imitiert* Ooooh, Felix, long time no see… Bussi, Bussi… Wie geeeht es dir?

EMILIA Sie haben dich lange nicht gesehen.

FELIX Nach unserer Trennung haben sie mich behandelt, als hätte ich Lepra.

EMILIA Sie haben eben automatisch angenommen, daß du das Schwein bist, das gegangen ist. Also wie geeeeeht es dir?

FELIX Willst du das wirklich wissen?

EMILIA Ich weiß nicht.

FELIX Wenn ich sage, gut, bist du sauer, weil ich nicht mehr leide. Wenn ich sage, schlecht, bist du sauer, weil du Schuldgefühle bekommst. Warum fragst du dann?

EMILIA O Gott, machen wir jetzt den ganzen Abend so weiter?

FELIX Ich weiß nicht, ob das eine gute Idee war, daß wir zusammen da hingehen. *Schüttet das Glas in sich hinein.*

EMILIA Sie wollen uns beide als Freunde behalten. Ist doch eigentlich ganz nett.

FELIX Ich war nie mit Boris und Dylan befreundet.

EMILIA Du bist nur vier Jahre lang jeden Sonntag mit ihnen Fußballspielen gegangen…

FELIX Zum Beispiel.

EMILIA Okay, markier nur den starken Mann.

FELIX Willst du nicht was anderes anziehen?

EMILIA Warum sollte ich?

FELIX Damit nicht jeder gleich sieht, daß du unsere Trennung nicht verkraftest.

EMILIA Was wäre denn, wenn's so wäre?

FELIX Ich wäre geschmeichelt.

EMILIA *seufzt theatralisch* Ich verkrafte unsere Trennung nicht.

FELIX Ach, Putzi. Du bist doch schließlich gegangen.

EMILIA Nur weil ich die Mutigere von uns beiden bin.

FELIX Komm, gib mir noch einen, ich muß mir Mut für unsere Freunde antrinken. Setz dich her zu mir, so wie früher.

Er klopft auf den Platz auf dem Sofa neben sich. Emilia setzt sich. Sie ist traurig.

FELIX Ach, Mensch, du bist ja wirklich ganz kümmerig…

EMILIA Kümmerig…

FELIX Was ist denn los?

EMILIA Nix.

FELIX Jetzt kannst du mir die Wahrheit sagen. Wir sind nicht mehr zusammen, du brauchst mir nichts mehr vorzumachen – ich hau nicht ab in meine Höhle und knalle die Tür zu.

EMILIA Gibt ja auch keine Tür mehr außer die zum Klo.

FELIX Du mußt hier raus aus diesem Loch.

Emilia zuckt die Schultern und wirkt noch trauriger als zuvor. Felix rutscht ein bißchen näher und legt ihr den Arm um die Schultern.

EMILIA *seufzt* Ich komme mir so, ... so zurückgelassen vor. So, als wäre ich plötzlich zu langsam. Ihr rennt alle weiter, und ich komme nicht mehr mit.

FELIX Was meinst du denn damit?

EMILIA Ach, als wir noch zusammen waren, hat es nichts gemacht, daß ich nur diesen blöden Job als Sekretärin am Max Planck habe, das war eher Nebensache. Die anderen, Charlotte und Anette, hat das auch gar nicht so interessiert, aber jetzt plötzlich ist überall der Faden gerissen, und ich bin mit einem Mal weniger als vorher...

FELIX Weil wir uns getrennt haben?

EMILIA Sie kommen mir alle so von oben herab vor. Und Boris fragt immer so beschissen gütig, wie's mir geht. Als hätte ich 'ne Krankheit. Und Anette bezahlt immer für mich, wenn wir Kaffeetrinken gehen, wie für die arme alte Tante, der man mal was Gutes tun muß...

FELIX Du übertreibst.

EMILIA Na ja, guck dir mal an, wie ich lebe und wie die anderen. Bei Dylan und Charlotte werden dir heute abend die Augen übergehen in ihrer neuen Wohnung, ein verdammter Palast ist das, ... aber es ist gar nicht das Geld, sondern viel mehr, daß sie alle so tun, als könnte ihnen das nicht passieren, daß sie sich trennen. Sie sind so viel besser, so viel gescheiter, sie können so viel besser lieben, als wir das konnten...

FELIX Blödsinn.

EMILIA Na ja, wir haben es ja wirklich vermasselt.

FELIX Warum eigentlich?

Pause. Beiden fällt nicht mehr so recht ein, warum eigentlich.

FELIX Eine richtig gute Liebesgeschichte ist immer eine kurze Geschichte.

EMILIA Was ist denn das jetzt wieder für ein Quatsch! Du sagst immer einfach Sätze, nur um sie auszuprobieren. Das macht mich wahnsinnig.

FELIX Es ist aber wahr.

EMILIA Ist es nicht. Wir haben es einfach nicht gepackt.

FELIX Hier hast du noch einen Satz: In jeder Beziehung gibt es einen richtig guten Tag.

EMILIA *stöhnt* Einen einzigen Tag, ja? Und welcher Tag war denn ein richtig guter Tag bei uns, deiner Meinung nach?

FELIX Als wir ganz am Anfang mal auf der Autobahn von Eching zurück in die Stadt im Gewitter zwei Stunden im Stau gestanden sind. Es war so gemütlich wie in einem Zelt, die Welt gab's nicht mehr, der Regen ist aufs Autodach geprasselt, und du hast mir erzählt, daß du als kleines Kind geglaubt hast, die braunen Kühe geben Kakao und die weißen Milch. Und später sind wir bei Charlotte und Dylan, als sie noch in der Bauerstraße gewohnt haben und wir auf ihre Katze aufgepaßt haben, weil sie in Italien waren, ins Bett gegangen, und du hast mir dann Spaghetti mit Petersilie gekocht. Mehr gab's nicht im Kühlschrank, nur dieses eine Bund halb vertrocknete

Petersilie. Aber das waren die besten Spaghetti meines Lebens.

EMILIA An den Tag kann ich mich überhaupt nicht erinnern.

FELIX Ja, ja, das mußt du jetzt sagen – ist ja klar... Selbst diesen einen einzigen Tag – nimm ihn mir weg, mach ihn fertig, trampel auf ihm rum, schmeiß ihn weg!

EMILIA Nein, ich kann mich wirklich nicht erinnern.

FELIX Streng dich an, bitte! Sonst weiß ich nicht mehr, ob er wirklich passiert ist in meinem Leben.

EMILIA Ich schwör dir, ich weiß es nicht mehr. Ich kann mich an die Katze erinnern, daß sie Diabetes hatte und wir ihr jeden Morgen eine winzige Spritze aus dem Kühlschrank geben mußten...

FELIX ...du hast mir deine ganze Kindheit erzählt, im Auto, im Gewitter...

EMILIA Ich weiß es nicht mehr! Ist doch auch jetzt nicht mehr wichtig, dieser eine Tag.

FELIX Ist er doch. Er gehört zu mir.

EMILIA So wie du diesen Tag beschreibst, klingt er, als hättest du ihn mit jeder x-beliebigen Frau verbringen können...

FELIX Das ist wieder typisch.

EMILIA Was?

FELIX Daß du ihn niedermachst.

EMILIA So habe ich das gar nicht gemeint. Es kam mir nur alles gerade ziemlich zufällig vor.

FELIX Ich habe mir dich ausgesucht. Damals.

EMILIA Nee, mein Lieber, das war andersrum. Du hast alles immer nur geschehen lassen.

FELIX Du solltest dir was anderes anziehen. Komm, wir zeigen es denen. Wir werden umwerfend aussehen.

EMILIA Keine Lust.

FELIX Ich wette, die beiden Weiber sind aufgebrezelt bis zu den Haarspitzen.

EMILIA Na und?

FELIX Willst du bemitleidenswert aussehen?

EMILIA Vielleicht rufe ich Anette an. Charlotte hat von 'nem kleinen Abendessen geredet, und nachher hat sie dann ein Abendkleid an und es spielt 'ne Bigband.

FELIX Ich mag Charlotte.

EMILIA Ich weiß.

FELIX Ich mag auch Anette.

EMILIA Ich weiß.

FELIX Mit beiden habe ich nichts gehabt, falls du das meinst.

EMILIA Es ist mir egal. Jetzt ist es mir egal.

FELIX Findest du es nicht komisch, daß wir uns mal so gut gekannt haben?

EMILIA Ja. Jetzt sehe ich dich manchmal an und erkenne dich gar nicht richtig. Als wäre ich kurzsichtig geworden...

FELIX Komm, zieh dir was anderes an.

EMILIA Gleich.

Sie riecht an ihm.

EMILIA Du riechst auch ganz anders.

FELIX Und du bist anders.

EMILIA Hast du schon mal jemand anders...

FELIX Und du?

EMILIA *grinst* Du zuerst.

FELIX Wirklich? Ich fasse es nicht!

EMILIA Du zuerst.

FELIX Ich hab nicht gedacht, daß du so schnell…

EMILIA Du zuerst.

FELIX Okay. Aber du mußt weggucken. Ich kann's dir nicht erzählen, wenn du mich anguckst.

EMILIA Na, komm. Erzähl's mir.

FELIX Ich hab ihr beim Bäcker das letzte Kürbiskernbrot vor der Nase weggekauft. Sie war so enttäuscht, daß ich das Brot zurückgegeben habe und die Verkäuferin gebeten habe, es in der Mitte durchzuschneiden. Daraufhin war sie so gerührt, daß sie mich auf 'nen Kaffee eingeladen hat.

EMILIA Name!

FELIX Keine Namen. Wir nennen sie Else.

EMILIA *langsam* Wir nennen sie Else.

FELIX Else war hübsch und jung, und ich war geil. Ich hatte seit unserer Trennung keinen Sex mehr, also sind wir nach drei Cappuccino, wo mir schon ganz zittrig war, zu mir.

EMILIA Wie hast du Else so schnell dazu gekriegt?

FELIX Sie hatte sich auch vor ein paar Monaten getrennt, sie war auch geil, es war ein schöner Tag… Du weißt doch, wie so was geht. Es war alles sehr spontan. Wir sind also zu mir nach Hause, haben uns auch gleich ausgezogen, und los ging's. Sie hatte einen klasse Körper, eigentlich alles prima…

EMILIA Aber…

FELIX …aber…

EMILIA …aber du hast an mich gedacht…

FELIX Nein, das war es nicht. Ich hab an gar nichts gedacht, es ging alles ganz gut, selbst das Kondom habe ich in nullkommanix allein drüber gehabt…

EMILIA Glückwunsch.

FELIX Danke. Ja, das ging alles glatt, alles kein Problem – und dann plötzlich hab ich gemerkt, daß es sich so anfühlt, als würde ich den Rasen mähen oder eine Glühbirne wechseln, …und kurze Zeit später sagt sie zu mir: Summst du immer dabei?

EMILIA Was?

FELIX Ja, ich habe wohl gesummt.

EMILIA Das ist nicht dein Ernst!

FELIX Doch. Ich habe ihr auch geglaubt, denn genau so hat es sich angefühlt. So hmmmmmmmmmm… Aber ich hätte genausogut eben was anderes machen können.

EMILIA Ist sie nicht böse geworden?

FELIX Nein. Wir waren dann fertig, haben uns wieder angezogen, ich habe ihr noch ein Glas Wasser gegeben, das war's.

EMILIA Schrecklich. Arme Else.

FELIX Nein. Es war nicht schrecklich. Nur ein bißchen seltsam. Und eigentlich war ich ganz froh, daß es so war. Es war eine Aktivität unter vielen. Keine Gefühle, kein Drama…

EMILIA Wie mit mir.

FELIX Tja, …du nimmst halt alles immer sehr ernst.

EMILIA Und du hast es lieber unverbindlich.

FELIX Bist du eifersüchtig?

EMILIA Schon lange nicht mehr. Eifersucht ist Selbsthaß.

FELIX Wow, was für eine Erkenntnis. Nur ein bißchen spät.

EMILIA Entschuldige, daß ich so langsam bin mit meinen Erkenntnissen.

FELIX Du bist dran.

EMILIA Hab keine Lust mehr.

FELIX Nee, das ist unfair. Ich hab's dir nur erzählt, weil der Deal war, daß du auch was erzählst.

EMILIA Ich mag nicht mehr.

Felix nimmt sie in den Schwitzkasten.

FELIX Du mußt.

EMILIA Ich kann nicht. Laß mich los.

FELIX Du kannst nicht?

EMILIA Nein.

FELIX Kenn ich ihn?

EMILIA Ja.

FELIX Dylan.

EMILIA Wie machst du das?

FELIX Was?

Emilia seufzt.

EMILIA Daß ich dir immer alles erzählen muß. Ich weiß nicht, wie du das machst. Ich wollte dir auf keinen Fall …

FELIX Also Dylan. *lacht* Na, den nehme ich mir zur Brust.

EMILIA Zu spät. Es geht dich nichts mehr an.

FELIX Und, wie war er?

EMILIA Für dich ist Sex wie Sport. Warum habe ich das nie begriffen? Du hast immer gesummt, ich hab es nur nicht gehört.

FELIX Nicht ablenken.

EMILIA *kichert* Es war so doof, daß ich noch nicht mal Charlotte gegenüber ein schlechtes Gewissen haben müßte. Er hat sofort danach sein Handy wieder angestellt und geguckt, wie viele Nachrichten er drauf hat.

FELIX Ich will nicht wissen, wie er danach war…

EMILIA Hm, …es wäre gar nicht so schlecht gewesen, wenn er …wenn er anders gerochen hätte. Er hat nicht gestunken oder so, ich mochte nur einfach seinen Geruch nicht…

FELIX Du hättest ihm ein bißchen von meinem After-Shave geben können, das noch immer im Badezimmer steht… ich hab's gesehen.

EMILIA Jetzt nimmst du was anderes… Was ist das?

FELIX Cool Water.

EMILIA Klar, jetzt bist du cool, jetzt summst du, wenn du Sex hast…

FELIX *lacht* Du konntest Dylan nicht riechen.

EMILIA Ja, das hat mich völlig rausgebracht. Ich hätte es lassen sollen. Ich wußte vorher, daß es nicht funktionieren würde. Ich wußte nur noch nicht, warum.

FELIX Dylan, der alte Bock. Tut immer so megamonogam.

EMILIA Na, komm, das weißt du doch selbst, daß das niemand ist.

FELIX Ich dachte, wir.

EMILIA Ja, wir waren es. Vielleicht nur, weil wir keine Gelegenheit hatten.

FELIX Fast hätte ich vergessen, wie romantisch du bist.

EMILIA Jeder braucht nur die richtige Gelegenheit, dann sind wir alle austauschbar.

FELIX Du munterst mich richtig auf.

EMILIA Fremd macht scharf. Was man kennt, macht nicht scharf. So einfach ist das.

FELIX Mich hat das Fremde nicht so scharf gemacht, wie ich gedacht hätte. Vergiß nicht, ich hab gesummt.

EMILIA Und mich hat der Geruch gestört.

Pause.

FELIX Du meinst, wir haben uns einfach zu gut gekannt?

EMILIA Ich weiß nicht. Wir haben geglaubt, daß wir uns wahnsinnig gut kennen. Am Ende war's ein bißchen so, wie immer an denselben Strand fahren im Sommer. Man weiß schon genau, wie toll es eigentlich sein sollte, man hat sich doch das ganze Jahr drauf gefreut, aber gleichzeitig weiß man auch, daß dann dieses Gefühl auf der Haut von Sonnenbrand und Salz ganz gräßlich ist und daß man wieder in einen Seeigel tritt und 'ne Sonnenallergie bekommt... und abends die Mücken kommen.

FELIX Aber das Essen ist wieder so gut und der Sonnenuntergang...

EMILIA Na ja. Aber auch nicht so toll, wie man es in Erinnerung hatte...

FELIX Jetzt fahren wir nicht mehr hin.

EMILIA Nein, jetzt fahren wir nicht mehr hin.

Beide schweigen.

FELIX Komm, zieh dir was an.

EMILIA Ich möchte so aussehen, wie ich mich fühle: alt und unattraktiv.

FELIX Komm, ruf Anette an, frag sie, ob heute abend alle alt und unattraktiv kommen oder jung und schön. Na, komm schon.

EMILIA *bleibt sitzen, sieht ihn an* Weißt du, manchmal vermisse ich dich ganz schrecklich, so als wärst du tot, und dann renne ich ins Bad und rieche an deinem After Shave, bis du wieder da bist, wie ein Geist aus der Flasche, und dann merke ich, daß ich nicht wirklich dich vermisse, sondern mich – wie ich mal war …

Vorhang.

Zweite Szene

Eine Ikea-, Habitat- und ein bißchen Funk-Wohnung von Anette und Boris. Man sieht, daß sie mal mit wenig Geld angefangen haben und daß sie jetzt auf dem besten Weg zum Designleben sind. Boris und Anette, beide Ende zwanzig, sind attraktiv, haben eine gute Figur und ein selbstsicheres Auftreten.

SCHLAFZIMMER *Anette sitzt geschminkt und im Unterrock auf dem Bett und zieht sich Seidenstrümpfe an. Sofort eine Laufmasche. Sie flucht und läßt sich aufs Bett zurückfallen. Boris kommt frisch geduscht aus dem Bad, nur ein Handtuch um die Hüften.*

BORIS Ich dachte, du bist fertig. Hast du nicht acht Uhr gesagt?

ANETTE Ja, hab ich.

BORIS Dann hast du noch genau sieben Minuten.

ANETTE Ich hab keinen Bock.

Sie dreht sich auf den Bauch. Boris klatscht ihr mit einem Handtuch über den Po. Anette schreit, bäumt sich auf und versucht ihn zu packen. Er läßt sich plötzlich auf sie fallen.

ANETTE Boris, bitte. Wir müssen los!

BORIS Wir kommen eh zu spät... Auf ein paar Minuten mehr oder weniger kommt es schon nicht mehr an.

Er küßt Anette.

ANETTE Nicht. Ich bin doch schon geschminkt.

Boris seufzt und läßt sich neben sie rollen, krümmt sich.

BORIS Wenn du wüßtest, wie weh das tut.

ANETTE Reiß dich zusammen. Ein bißchen Triebverzicht tut dir ganz gut.

BORIS Früher hättest du das noch nicht gesagt.

ANETTE Früher hättest du auch nicht so eine Etepetete-Einladung von deinem Chef angenommen.

BORIS Da war Dylan auch noch nicht mein Chef, sondern mein Freund. Und kein Millionär.

ANETTE Iiih, du Opportunist. Außerdem ist er nur auf dem Papier ein Millionär.

BORIS Dylan gehören jetzt zweiundsechzig Prozent der ganzen Firma.

ANETTE Daß man mit dem Scheiß so reich werden kann.

BORIS Andere machen größeren Scheiß.

ANETTE Katzenkloservice...

BORIS Na komm, es sind nicht nur die Katzenklos...

ANETTE Hundefutter frei Haus.

BORIS Du bist unfair.

ANETTE Oh, ich hab den springenden Hundeknochen vergessen ... und das Einschlaftape für Welpen...

BORIS Ich dachte, du liebst Tiere… Wuff… Wuffwuff…

Er schnüffelt an ihr wie ein Hund.

ANETTE Laß den Quatsch.
BORIS Komm… *küßt sie* Wir lassen das Essen sausen.
ANETTE Das geht nicht. Dylan ist doch dein Freund.
BORIS Charlotte ist deine beste Freundin.
ANETTE Da bin ich mir nicht so sicher. Sie hat sich heimlich den Hintern absaugen lassen. Hab ich erst vor einer Woche beim Schwimmen gesehen. Ohne mir was zu sagen. Sie schmeißt jetzt das Geld nur so zum Fenster raus. Von wegen, nur Millionen auf dem Papier. Ihr neuer Hintern hat glatt zehntausend Mark gekostet. Aber er sieht wirklich gut aus.
BORIS Möchtest du auch so einen?
ANETTE Willst du, daß ich mir einen neuen mache?
BORIS Versprich mir, daß du nie so einen Scheiß machst.
ANETTE Du würdest es doch gar nicht merken.

Boris kneift sie in den Po.

BORIS Natürlich würde ich das merken. Da würdest du einen Riesenärger kriegen. Also versprich mir, daß du das nie, nie machst.
ANETTE Versprochen.

Sie kreuzt bei ihrem Versprechen hinter ihrem Rücken zwei Finger.

BORIS Laß uns versuchen, in Würde alt zu werden.
ANETTE Einer von uns in Würde, reicht das nicht?
BORIS Meinst du, wir schaffen das?
ANETTE Was?
BORIS Zusammen alt werden?
ANETTE Schaffen nur ganz wenige, nicht?
BORIS Anscheinend. Aber Leute mit viel Geld schaffen es noch seltener als Leute mit wenig.
ANETTE Ach ja? Wie kommst du da drauf?
BORIS Schau dich doch mal um. Alle Reichen und Berühmten lassen sich scheiden.
ANETTE Na, dann haben wir ja ganz gute Karten.
BORIS Ich bin ein Arschloch. Ich hab gepennt. Ich hab meine Chance glatt verpennt. Wenn ich mit Dylan eingestiegen wäre, wäre ich heute nicht sein Angestellter, sondern auch Millionär.
ANETTE Und ich könnte mir den Hintern absaugen lassen.
BORIS Also, wenn ich ihn mir jetzt so genau anschaue... Vielleicht ist es doch keine so schlechte Idee...
ANETTE Vergiß es. Erst wenn du Karriere machst, kriegst du bei mir 'nen neuen Hintern...

Er haut ihr auf den Po.

BORIS Kauf dir doch selbst 'nen neuen. Jetzt komm schon, du faule Nudel.

Er kitzelt sie. Sie balgen sich, lachen, verschnaufen.

ANETTE Weißt du, was mich manchmal richtig bedrückt?

BORIS Nein, was denn? Ich will nicht, daß dich irgendwas bedrückt. Dich soll überhaupt nie irgendwas bedrücken.

Er legt sich mit seinem ganzen Gewicht auf sie.

ANETTE Mich bedrückt, daß wir uns nie getroffen hätten, wenn du eine Minute später aus dem Haus gegangen wärst.

BORIS Oder du.

ANETTE Nein, du, nicht ich. Ich habe ja, wie jeden Morgen, an der Haltestelle gestanden, aber du bist ja nur ausnahmsweise mit der Bahn gefahren, und die kam genau in dem Augenblick, als du über die Straße gerannt bist…

BORIS Tja, perfect timing.

ANETTE Nur eine Minute später, und die Bahn wäre weg gewesen, und ich auch.

BORIS Wir hätten es nie erfahren, und es hätte uns deshalb auch nicht bedrücken können.

ANETTE Mich bedrückt es aber.

BORIS Was wäre gewesen, wenn?

ANETTE Was wäre gewesen?

BORIS Du hättest dich in einen anderen verliebt…

ANETTE Niemals.

BORIS Und ich mich in eine andere…

ANETTE Du Schwein…

BORIS Und wir wären auch glücklich geworden.

ANETTE Nein.

BORIS Ach, natürlich.

ANETTE Vielleicht ein bißchen, aber nicht so, wie ich es jetzt bin mit dir. Mein großes Glück hätte ich verpaßt.

BORIS Das ist lieb von dir, daß du das sagst.

ANETTE Du glaubst das nicht.

Boris schweigt.

ANETTE Wir sind alle austauschbar?

BORIS Es ist vielleicht kein besonders romantischer Gedanke.

Anette denkt nach, wird zusehends böse.

ANETTE Jetzt geh schon runter!

Sie schüttelt ihn ab, steht auf, geht ins Bad, knallt die Tür hinter sich zu.

BORIS Kann ich denn nie sagen, was ich wirklich denke, ohne daß du sauer wirst?

Er zieht sich an. Das Telefon klingelt.

BORIS Nein, aber wir fahren gleich los. Oh, das weiß ich auch nicht. Anette! Anette!!! Emilia für dich.

Anette kommt aus dem Bad, nimmt den Hörer.

ANETTE Nein, ihr Geburtstag war schon. Was hast du an? Was? Du hast dich richtig aufgebrezelt? Ich? Ich dachte, ich zieh den schwarzen Rock an und die vietnamesische Seidenbluse, die rote, weißt du? Nee, aber wenn du so toll aussiehst… Nein, tut mir leid. Ich finde das richtig gemein, weißt du das? Und nur, weil ich dich gefragt habe. Du hättest es mir nie gesagt. – Sag mal, bist du betrunken? Du klingst ein bißchen so… Entschuldigung, ich meine ja nur… Nee, das Grüne, … meinst du wirklich? In dem Grünen sieht mein Hintern so fett aus…

Boris rollt die Augen und zeigt auf die Uhr.

ANETTE Emilia, Boris kriegt gerade einen hysterischen Anfall und liegt auf dem Teppich und windet sich. Bis gleich.

Sie legt auf und zieht sich aus.

BORIS Was ist denn das jetzt?
ANETTE Ich glaube, Emilia ist schon total angeschickert.
BORIS Das sollte ich vielleicht auch tun…
ANETTE Sie hat ihr langes rotes Kleid an, stell dir vor. Die alte Ziege. Ich seh aus wie Rumpelstilzchen, und sie geht als Ava Gardner. Nee!

Anette reißt alle ihre Kleider aus dem Schrank.
Boris legt sich ins Bett und zieht sich die Decke übers Gesicht.

ANETTE Keine Panik, ich hab's gleich.

Sie wirft alle Kleider auf Boris, der langsam wieder unter der Decke hervorguckt. Anette schlängelt sich in ein hautenges grünes Kleid.

ANETTE Gut?
BORIS Sehr gut.
ANETTE War ich nicht eigentlich sauer auf dich?
BORIS Ja, warte mal. Du hältst dich für einmalig, und ich habe gesagt, daß du komplett austauschbar bist. Erinnerst du dich jetzt?
ANETTE Du Blödmann. Steh auf und mach mir den Reißverschluss zu.

Boris steht auf, macht ihr den Reißverschluss zu, küßt sie.

BORIS Du bist einmalig.
ANETTE Du auch.
BORIS Können wir nicht zu Hause bleiben? Bitte!
ANETTE Meinst du das im Ernst?
BORIS Ja.
ANETTE Charlotte hat sich bestimmt riesige Mühe mit dem Essen gegeben.

Boris macht sich los, seufzt, zieht sich die Hose an, geht ins Bad.

BORIS Sie kann wirklich gut kochen, das muß man ihr lassen.
ANETTE Besser als ich?
BORIS *aus dem Off* Ja.

ANETTE Mein Gott, hat dir nie jemand gesagt, daß man mit Frauen nicht immer ehrlich sein sollte?

BORIS *aus dem Off* Sorry.

ANETTE Und wenn du es genau wissen willst, Dylan hat letztes Mal gekocht und nicht Charlotte. Und außerdem hast du gesagt, es wäre ein bißchen fad gewesen.

BORIS *aus dem Off* Hab ich nicht gesagt.

ANETTE Hast du doch. Du bist ein verdammter Heuchler.

BORIS *aus dem Off* Stimmt. Er tut immer diese blöden Algen an alles dran.

ANETTE Die sind gesund. Und jetzt komm endlich! Was machst du denn da noch?

BORIS *aus dem Off* Denk mal nach.

ANETTE ... das machst du nicht.

BORIS Du bist schuld. Erst scharf machen und dann...

ANETTE Komm jetzt!

Sie versucht, die Tür aufzumachen, aber sie ist abgeschlossen.

ANETTE Wieso schließt du denn ab?

BORIS Hab ich dir doch grad gesagt!

ANETTE Hör auf mit dem Quatsch. Du hast noch nie die Tür abgeschlossen. Was soll das denn?

Es ist still. Anette horcht an der Tür.

ANETTE Jetzt komm schon! Alle sind dann sauer auf uns, wenn sie wegen uns mit dem Essen warten müssen... Boris?

Keine Antwort. Dann geht die Tür auf. Boris grinst frech.

ANETTE Und? War's schön?

Boris schweigt und grinst.

ANETTE Wozu brauchst du mich dann überhaupt noch? –
BORIS *grinst* Och, so fürs Gefühl …
ANETTE Hast du das jetzt wirklich gemacht?

Boris schweigt.

ANETTE Nur weil nicht alles nach deinem Plan läuft?
BORIS Sondern wie immer nach deinem?
ANETTE Wieso, wie immer?
BORIS 'tschuldigung, wie meistens …
ANETTE Wenn ich nicht so richtig funktioniere, meinst du?
BORIS Na ja, ein Mann muß sich zu helfen wissen.
ANETTE Ach Scheiße, warum machst du das jetzt?
BORIS Was?
ANETTE Du willst, daß wir uns streiten, weil du keine Lust hast, zu Charlotte und Dylan zu gehen.
BORIS *seufzt* Die beiden gehen mir auf die Nerven mit ihrem Getue …
ANETTE Plötzlich.
BORIS Ja, plötzlich. Ich kann's nicht mehr hören, was man unbedingt alles gesehen und gehört haben muß und wo man jetzt hinfährt und wo man nicht hinfährt und welche Sites im Internet gerade die coolsten sind, der ganze Scheiß …

ANETTE Es ist nur das ganze Geld, das sie plötzlich haben, es verwirrt sie.

BORIS Ja, aber ich kann's nicht mehr hören... Es kommt mir so leer vor. So deprimierend.

ANETTE So viel anders als wir sind sie auch nicht.

BORIS Na, das finde ich aber doch.

ANETTE Wir wären doch gern wie sie.

BORIS Nein, wirklich nicht. Ich hätte gern ihr Geld.

ANETTE Das ist dasselbe.

Sie gehen, aber kurz bevor sie an der Haustür sind, geht Boris in die Küche.

ANETTE Was ist denn jetzt wieder?

BORIS Ich schmier mir jetzt ein Brot, denn bei denen kriegt man ja nie was Gescheites zu fressen...

ANETTE Ich denke, Charlotte kocht so gut.

BORIS Aber es ist immer zu wenig, und immer was mit Algen.

ANETTE Das mit den Algen ist Dylan, das hab ich dir doch schon gesagt.

BORIS Egal, ich eß jetzt ein Brot.

ANETTE Mir ist das peinlich, wenn wir so spät kommen.

BORIS Du hast dich ja noch hundertmal umgezogen.

ANETTE Ja, ja. Willst du, daß wir klingen wie ein Ehepaar aus 'nem Comic?

BORIS Tut jedes Paar irgendwann ganz automatisch.

ANETTE Wir nicht.

BORIS Nein, wir nicht.

ANETTE Nein, auf gar keinen Fall. Warum hast du die

Badezimmertür abgeschlossen? Du hast noch nie die Tür vor mir abgeschlossen.

Er kommt mit seinem Brot aus der Küche.

BORIS Fertig?
ANETTE Ja, ich glaube, ja.
BORIS Dann gehen wir mal, was?
ANETTE Kann ich mal abbeißen?
BORIS Das machst du immer! Ich mache mir ein leckeres Brot, und dann, du willst nur mal abbeißen...
ANETTE Aber du läßt mich abbeißen. Und das ist das Entscheidende. Das ist wichtiger als alles andere.
BORIS Wichtiger als Sex?
ANETTE Viiiiiiel wichtiger.
BORIS Ich würde nur gern auch mal bei dir abbeißen.
ANETTE Später.
BORIS Siehst du. Das sagst du immer.

Vorhang.

Dritte Szene

Charlotte und Dylan in der High-Tech-Küche ihrer sehr eleganten, loftartigen Wohnung mit großartiger Aussicht über die Stadt. Charlotte und Dylan, ebenfalls Ende zwanzig oder Anfang dreißig, sind die Schönsten von allen. Bei ihnen stimmt einfach alles: Sie haben die schönsten Körper, die teuersten Klamotten, die besten Haarschnitte. Auf dem Herd stehen verschiedene Töpfe, Charlotte heult, Dylan steht hilflos vor ihr, den Kochlöffel in der Hand.

DYLAN Mensch, Charlie, jetzt stell dich nicht so an.

CHARLOTTE Das hast du mit Absicht gemacht.

DYLAN So ein Quatsch.

CHARLOTTE Hast du aber.

DYLAN Hab ich nicht.

CHARLOTTE Ich hab doch noch gesagt, keine Sahne!

DYLAN Ich hab gedacht, etwas Sahne kann nicht schaden.

CHARLOTTE Du hast alles versaut. Sahne darf man nicht drantun, wenn es noch kocht! Die flockt aus! Das habe ich dir doch hundertmal gesagt!!!

DYLAN Es tut mir leid, okay?

CHARLOTTE Nein.

DYLAN O Gott. Findest du nicht, daß du ein bißchen viel Theater machst?

CHARLOTTE Es geht überhaupt nicht um die Sahne.
DYLAN Und worum geht es dann?
CHARLOTTE Ach, laß mich in Ruhe.

Sie geht zum Herd, nimmt die Kasserolle mit dem Braten und geht zum Balkon.

DYLAN Was machst du denn da?
CHARLOTTE Siehst du doch.
DYLAN Jetzt hör auf mit dem Quatsch.

Charlotte wirft in einem Schwung den Braten über den Balkon.

DYLAN Wenn der jetzt jemandem auf den Kopf fällt.

Sie schweigen einen Moment. Kein Schrei, nichts.

CHARLOTTE Ach, kriegst du jetzt Schiß? Könnte ja Geld kosten! Schmerzensgeld. Schadenersatz. Verdienstausfall. Jetzt kriegst du Bammel, was?
DYLAN Glück gehabt. Du hättest jemand umbringen können.
CHARLOTTE Die Hunde in der Nachbarschaft werden sich freuen. Feinstes Bœuf Bourguignon.
DYLAN Du bist bescheuert. Was machen wir jetzt?
CHARLOTTE Wir rufen alle an und laden sie aus.
DYLAN Das würde dir so passen.
CHARLOTTE Wieso würde mir das passen?
DYLAN Du bist doch nur eifersüchtig.

CHARLOTTE Du spinnst.

DYLAN Um was geht es hier eigentlich?

CHARLOTTE Du hast das Bœuf Bourguignon versaut.

DYLAN Ich dachte, darum geht es nicht?

CHARLOTTE Na gut, wenn du es genau wissen willst: Du sabotierst mich, wo du nur kannst.

DYLAN Daß ich nicht lache.

CHARLOTTE Du erträgst es nicht, wenn ich auch mal was fertigbringe. Wenn ich auch mal Lob abbekomme und nicht immer nur du.

DYLAN Für ein geschissenes Bœuf Bourguignon?

CHARLOTTE Zum Beispiel.

DYLAN Du spinnst.

CHARLOTTE Alles muß immer nach deinen Vorstellungen gehen. Wie man einen Braten kocht, wann man Sahne dran tut, wie man lebt.

DYLAN Wie man lebt? Aha. Wie *man* lebt.

CHARLOTTE Ja, wie *man* lebt.

DYLAN Kriegst du deine Tage?

CHARLOTTE Weißt du nicht mehr weiter?

DYLAN Würdest du so freundlich sein, mir zu sagen, was wir jetzt tun sollen?

CHARLOTTE Ruf sie an und lad sie aus.

Charlotte geht ins Schlafzimmer. Dylan geht ans Telefon.

DYLAN Ja, Borgwardt, Isabellastraße 23. Sie müßten uns in ihrem Computer haben. Ja, genau. Ich hätte gern zwei ganze Enten bestellt, für sechs Personen... Ja... Und Reis natürlich. Haben wir, danke... Ja, die Ente mit

Mandarinensoße. Crispy Duck, genau. Das Problem ist nur, daß wir sie genau in fünfundzwanzig Minuten haben müßten. Ich zahle auch den doppelten Preis, wenn Sie das schaffen. Nein, keine halbe Stunde, sondern fünfundzwanzig Minuten. Sonst zahle ich gar nichts. Okay, sehr gut.

Er legt auf. Stöhnt. Charlotte kommt aus dem Schlafzimmer zurück.

CHARLOTTE Crispy Duck. Wie peinlich.
DYLAN Merkt kein Mensch, wirst du sehen.
CHARLOTTE Paßt doch überhaupt nicht zur Vorspeise.
DYLAN Aber zum Nachtisch.
CHARLOTTE Wie du meinst.
DYLAN Vertragen wir uns wieder?
CHARLOTTE *mißmutig* Ja, klar.
DYLAN Aber nicht so richtig, was?
CHARLOTTE Ach, weißt du, Dylan, ich ... ich kann dir einfach nicht erklären, was ich meine. Es wird einfach nur immer komplizierter, und ich bin müde ...
DYLAN Versuch's noch ein Mal. Bitte.
CHARLOTTE Wir sind so eingesperrt.
DYLAN Wie meinst du denn das? Wir sind doch so frei wie noch nie.
CHARLOTTE Findest du das wirklich?
DYLAN Ja, wir haben doch so viel Geld, wie wir nie zu hoffen gewagt hätten ...
CHARLOTTE Ich habe nie darauf gehofft.
DYLAN Na gut, aber wir können machen, was wir wollen!

CHARLOTTE Wir können noch nicht mal mehr einfach 'ne Pizza bestellen, wenn Freunde kommen, weil sie denken könnten, wir sind geizig. Und ich kann nie die teuren Klamotten anziehen, weil sie denken könnten, ich will angeben. Und wir können nie mehr ausgehen mit Freunden, weil sie beleidigt sind, wenn wir nicht zahlen, und wenn wir zahlen, fühlen sie sich auch blöd. So frei sind wir.

DYLAN Das stimmt doch alles gar nicht.

CHARLOTTE Sagen wir ihnen, daß die Ente vom Chinesen kommt?

DYLAN Na klar können wir das sagen.

CHARLOTTE Das möchte ich sehen.

DYLAN Okay, ich werde ihnen erzählen, daß du ausgeflippt bist, weil ich die Sahne zum Braten gegeben habe, als die Soße noch gekocht hat, und die Sahne deshalb ausgeflockt ist und alles verdorben hat und du deshalb eine Grundsatzdiskussion über unser Leben angefangen hast und den Braten vom Balkon geworfen hast und wir deshalb eine Ente vom Nitaya bestellt haben…

CHARLOTTE Untersteh dich.

DYLAN Siehst du.

Pause.

CHARLOTTE Verstehst du überhaupt nicht, was ich meine?

DYLAN Ich fürchte, nein.

CHARLOTTE Ich erkenne uns nicht mehr wieder, das meine ich.

DYLAN Ach, Schätzchen, das ist doch alles Quatsch.

CHARLOTTE Ja?

DYLAN Es geht uns doch so gut. Bist du denn überhaupt nicht happy?

CHARLOTTE Ja, jetzt bin ich happy. Aber früher waren wir glücklich. Bevor du deine blöde Idee mit den Katzenklos hattest und an die Börse gegangen bist.

DYLAN Katzenklo, Katzenklo... Ich mache Millionen von Katzen froh.

CHARLOTTE Du findest also auch, daß wir vorher glücklicher waren?

DYLAN Wir waren nur anders.

CHARLOTTE Wie anders?

DYLAN Weiß ich nicht.

CHARLOTTE Na, immerhin ist dir aufgefallen, daß wir überhaupt anders waren.

DYLAN Wie anders, deiner Meinung nach?

CHARLOTTE Wir waren freier.

DYLAN Das ist doch Quatsch.

CHARLOTTE Lustiger.

DYLAN Lustiger? Ich weiß nicht.

CHARLOTTE Also, ich war lustiger.

DYLAN Wir waren noch nicht so lange zusammen.

CHARLOTTE Ach so. Deshalb ist es nicht mehr so lustig, meinst du?

DYLAN Jede Phase ist halt anders. Wir sind jetzt in der Konsolidierungsphase.

CHARLOTTE Huh, das klingt aber sehr lustig. Etwas, das flüssig war, wird jetzt fest. So wie Wasser, das friert... oder Fett, das hart wird...

DYLAN Es heißt nur, daß wir in einer anderen Phase sind.

CHARLOTTE Bist du sicher, daß ich noch in deinen Plänen vorkomme?
DYLAN Natürlich, Baby.
CHARLOTTE Ich meine nicht als deine Freundin, sondern als ich, Charlotte.
DYLAN Als wer denn sonst?
CHARLOTTE Siehst du, ich kann dir einfach nicht erklären, was ich meine.
DYLAN Noch mal.
CHARLOTTE Interessierst du dich noch für meine Seele?
DYLAN Wollen wir vielleicht lieber jetzt den Tisch decken?
CHARLOTTE Ich zeige dir dauernd meine Seele, ich versuche es zumindest, aber du guckst gar nicht hin.
DYLAN Ich verstehe jetzt wirklich nicht mehr, was du meinst.

Charlotte hebt ihre Bluse hoch und zeigt ihm ihren nackten Busen.

CHARLOTTE Hier. Ich zeige dir mein Herz. Immer wieder und wieder. Und du siehst es überhaupt nicht.
DYLAN Ich sehe deinen Busen und nicht dein Herz.
CHARLOTTE Findest du meinen Busen schön?

Pause. Dylan beschließt, nicht drauf einzugehen.

DYLAN Also, wer soll wo sitzen?
CHARLOTTE Neben wem willst du denn sitzen?
DYLAN Neben dir.
CHARLOTTE Das geht nicht. Vielleicht neben Emilia?

DYLAN Muß das sein?

CHARLOTTE Ich denke, du magst sie?

DYLAN Na ja. Ab und zu kann sie ganz witzig sein, aber...

CHARLOTTE Was, aber?

DYLAN Sie riecht streng.

CHARLOTTE Wie bitte?

DYLAN Ja, sie riecht streng.

CHARLOTTE Du spinnst. Wann riechst du denn an ihr?

DYLAN Das riecht man auf Entfernung.

CHARLOTTE Aha. Seit wann?

DYLAN Schon immer.

CHARLOTTE Du konntest Emilia noch nie riechen und sagst das erst jetzt? Nach Jahren?

DYLAN Sie ist doch deine Freundin.

CHARLOTTE Na ja, aber nicht meine beste Freundin. Nach was riecht sie denn?

DYLAN Ich weiß es nicht. Ich will das jetzt auch nicht diskutieren.

CHARLOTTE Also, neben wem willst du dann sitzen?

DYLAN Neben dir.

CHARLOTTE Dann sitzt du neben Anette.

DYLAN Gab ja auch nicht mehr viel Auswahl.

CHARLOTTE Und ich neben Boris.

DYLAN Alle Frauen stehen auf Boris. Werde ich nie verstehen.

CHARLOTTE Ihr seht euch ähnlich.

DYLAN Oh, besten Dank. Machst du die Augen zu und denkst an Boris?

CHARLOTTE Nein, ich denke dabei an dich.

DYLAN Will ich auch hoffen.

CHARLOTTE Und an wen denkst du?

DYLAN *genervt* An dich natürlich, mein Schatz, ich denke immer nur an dich.

Pause.

CHARLOTTE *langsam* Speck auf der Seele.

DYLAN Was?

CHARLOTTE Ja, ich glaube, das ist es. Du entwickelst Speck auf der Seele.

DYLAN Speck?

CHARLOTTE Ja, deshalb siehst du mich nicht mehr, und deshalb komme ich nicht mehr an dich heran.

DYLAN Du hast Hunger.

CHARLOTTE Speck auf der Seele. Ja, das trifft es.

DYLAN Muß ich jetzt beleidigt sein?

CHARLOTTE Wenn du keinen Speck auf der Seele hättest, wärst du's.

DYLAN So wie Herzverfettung, meinst du?

CHARLOTTE Ja, so ähnlich.

DYLAN Und du bist die Empfindsame, die ihr Herz offen vor sich herträgt, blutend, auf einem goldenen Teller...

CHARLOTTE So komme ich mir manchmal vor.

DYLAN Brauchen wir noch Löffel?

CHARLOTTE Nein, aber ein scharfes Messer für deine tolle Ente.

DYLAN Das ist der Lauf der Dinge, daß man ein bißchen unempfindlicher wird, und wenn du mich fragst, ist das reine Überlebensstrategie.

CHARLOTTE Ich will aber nicht so werden.

DYLAN Du mußt, Baby, sonst heulst du dir irgendwann die Augen aus dem Kopf…

CHARLOTTE So pessimistisch bist du?

DYLAN Anscheinend.

CHARLOTTE Neulich habe ich dich im Auto vorbeifahren sehen, auf der Leopoldstraße, ich war Kaffeetrinken mit Anette, ich habe dir zugewunken, du hast mich direkt angesehen und mich nicht erkannt.

DYLAN Ich war wahrscheinlich in Gedanken.

CHARLOTTE Du hast mich nicht erkannt. Du hast mich genau gesehen, aber nicht erkannt.

DYLAN Wenn ich dich gesehen hätte, hätte ich dich erkannt.

CHARLOTTE Nein, das ist es ja eben. Du siehst mich nur noch wie… wie ein *mouche volant*.

DYLAN Wie was?

CHARLOTTE *Mouche volant*. Das sind die schwarzen Flecken im Auge, die man nur sieht, wenn man sich drauf konzentriert… oder wenn du in den blauen Himmel siehst… sonst sieht man sie gar nicht.

DYLAN Muß es nicht *mouche volante* heißen? *La mouche* – die Fliege? Oder *le mouche*? Der Fliege?

CHARLOTTE Sie sind immer da, aber man sieht sie nicht, weil man sich so trainiert hat…

DYLAN Ich habe nicht trainiert, dich nicht zu sehen.

CHARLOTTE Aber du hast mich nicht erkannt.

DYLAN Boris will bestimmt ein Bier zum Essen. Selbst zu Kaviar würde der Mann ein Bier trinken.

CHARLOTTE Finde ich ganz sympathisch, daß er so einfach gestrickt ist.

DYLAN Das würde dir mit der Zeit ganz schön auf den Wecker gehen.

CHARLOTTE Anette geht es schon auf den Wecker.

DYLAN Ich denke, die beiden sind das große Liebespaar, das wir alle beneiden?

CHARLOTTE Die? Ich dachte, wir sind das.

DYLAN Ja, Baby, natürlich sind wir das. Wir gehen uns alle irgendwann auf den Wecker, so ist das eben.

CHARLOTTE Und dann suchen wir uns jemand anders.

DYLAN Die meisten schon.

CHARLOTTE Wir nicht. Wir natürlich nicht. Weil wir so toll sind und so anders als alle andern.

DYLAN Ich bin sicher, du kriegst deine Tage, so wie du drauf bist.

CHARLOTTE Krieg ich nicht.

DYLAN Dann eben nicht.

CHARLOTTE Könntest du dir nicht was anderes anziehen?

DYLAN Wieso?

CHARLOTTE Du siehst so förmlich aus in deinem Anzug...

DYLAN Ich denke, du magst mich im Anzug...

CHARLOTTE Ja, aber du schüchterst die anderen ein.

DYLAN Die kommen auch alle im Anzug.

CHARLOTTE Woher weißt du das?

DYLAN So was weiß ich.

CHARLOTTE Was ist nur aus uns geworden? Vor einem Jahr haben wir noch zusammen in Jeans Pizza gegessen.

DYLAN Jetzt fängst du wieder damit an. Und? War das besser? Nur ein anderes Kostüm! What the fuck? Kapierst du nicht, daß das alles ein großes Spiel ist?

CHARLOTTE Ich hasse Spiele.

DYLAN Kein Mensch nimmt es ernst. Außer dir. Alles ist nur ein Spiel.

CHARLOTTE Außer mir nimmt es niemand ernst?

DYLAN So bist du halt.

CHARLOTTE Tja. Pech gehabt, Dylan, mit deiner ernsthaften Frau. Findest du das schlimm?

DYLAN Was?

CHARLOTTE Daß ich alles so ernst nehme. Daß ich so bin, wie ich bin.

DYLAN *singt* ›Ich will so bleiben, wie ich bin. – Du darfst.‹

CHARLOTTE Darf ich wirklich?

Vorhang.

Vierte Szene

Bei Dylan und Charlotte. Der Eßtisch ist fertig gedeckt. Dylan und Charlotte sitzen auf der Couch und sehen fern. Es klingelt. Charlotte stöhnt.

CHARLOTTE O Gott, warum sind die denn so früh? Es ist unhöflich, so pünktlich zu sein. Das können nur Felix und Emilia sein. Denen ist doch alles egal.

Dylan steht auf und macht den Fernseher aus.

DYLAN Ich weiß gar nicht, warum du die eingeladen hast.
CHARLOTTE Wir waren mal eng befreundet, wenn du dich erinnern kannst.
DYLAN Eben. Waren.
CHARLOTTE Jetzt mach schon die Musik an.
DYLAN Welche Musik?
CHARLOTTE Hab ich dir doch hingelegt. Jetzt mach schon! Bitte! Es ist sonst immer so peinlich still.

Dylan legt muffelnd die Musik auf. Es ist »Così fan tutte«. Charlotte öffnet die Haustür. Es sind Boris und Anette, Anette im langen Kleid, geschminkt und frisiert. Sie sieht umwerfend aus.

DYLAN Wow!

CHARLOTTE Ach, ihr zum Glück!

ANETTE Wieso?

CHARLOTTE Ich hätte nicht gewußt, was ich mit Felix und Emilia reden soll, seit sie …

ANETTE Sie sind doch nicht anders als vorher.

CHARLOTTE Wenn ich gewußt hätte, daß du dich so aufbrezelst …

ANETTE Ich wußte nicht recht …

DYLAN … weil es bei uns immer so förmlich ist, was?

ANETTE Emilia hat gesagt, sie zieht was Langes an, und da habe ich …

CHARLOTTE Wieso zieht Emilia was Langes an?

Dylan zieht Boris mit sich weg zur Couch, die Frauen bleiben in der Nähe der Küche.

CHARLOTTE Emilia muß sich immer wichtig machen. Ich hab ihr extra noch gesagt, es ist nur ein kleines Abendessen, nichts Besonderes.

ANETTE Sie war unsicher.

CHARLOTTE Ach, Emilia und unsicher.

ANETTE Sie klang unsicher.

CHARLOTTE Ich finde sie immer ein bißchen überheblich, ehrlich gesagt. So von oben herab mit ihrem dämlichen Max-Planck-Institut.

ANETTE Sie ist da nur Sekretärin.

CHARLOTTE Tut aber so, als wäre sie mindestens die Projektleiterin. Du siehst gut aus. Bist du schwanger?

ANETTE Nein! Wie kommst du da drauf?

CHARLOTTE Du ... du glühst so. Und dein Busen sieht größer aus.

ANETTE Das ist das Kleid. Wieso sagst du sowas? Ich fasse es nicht.

CHARLOTTE Oder du hattest vor zehn Minuten gerade noch Sex.

ANETTE Also wirklich, Charlotte.

CHARLOTTE Wenn ihr beide was Langes anhabt, zieh ich jetzt auch was Langes an.

ANETTE Sieht doch prima aus, was du anhast.

CHARLOTTE Ich komme mir blöd vor, wenn ihr beide aussehst wie bei der Oskarverleihung und ich wie die Platzanweiserin.

ANETTE Du spinnst. Daß du dich immer vergleichen mußt.

CHARLOTTE Das ist eine Krankheit, ich weiß. Sich vergleichen ist immer der Untergang. Wenn du besser abschneidest als die anderen, fühlst du dich einsam, und wenn nicht, fühlst du dich auch einsam. *lacht*

ANETTE Dann hör halt auf.

CHARLOTTE Du weißt auch immer alles besser, was?

ANETTE Ich will dir nur...

CHARLOTTE Mir helfen vielleicht?

ANETTE Warum nicht? Du wirkst oft so... so traurig.

CHARLOTTE Ich ziehe mir jetzt was anderes an.

Sie geht beleidigt. Es klingelt. Dylan macht Emilia und Felix auf. Emilia im langen roten Kleid und in hohen roten Schuhen. Sie schießt den Vogel ab. Felix hat eine Wassermelone im Arm, die vorher bei Emilia auf dem Tisch lag. Dylan küßt Emilia vorsichtig und nimmt die Wassermelone in Empfang.

FELIX Statt Blumen.

DYLAN Auf jeden Fall sinnvoller.

FELIX Und so gibt's was zum Nachtisch, was sogar ich mag.

EMILIA Hör nicht auf ihn. Er ist charmant wie immer.

Dylan geht mit Felix zu Boris, auf der anderen Seite des Raumes begrüßen sich Emilia und Anette.

EMILIA Wo ist denn Charlie?

ANETTE Zieht sich was anderes an, weil ich in Lang bin, weil du in Lang bist.

EMILIA Ich dachte, sie wollte das so?

ANETTE Ach komm. Das hast du dir so ausgedacht.

EMILIA Nein! Wirklich nicht.

ANETTE Charlotte war richtig geschockt, und ich wünschte, ich hätte nicht auf dich gehört.

EMILIA Mir ging's mies, da habe ich gedacht, ein langes Kleid peppt mich auf, zufrieden?

ANETTE Wieso geht's dir mies?

EMILIA Ich weiß auch nicht. Das Alter. Ich werde nächste Woche dreißig.

ANETTE Verstehe.

EMILIA Nein, das verstehst du nicht.

ANETTE Gut, dann verstehe ich es eben nicht. Meine Güte, bist du heute stachelig.

EMILIA *lacht* Stimmt. Sag mal, hast du was mit deinem Busen gemacht? Der sieht größer aus als sonst.

ANETTE Ich bin schwanger.

EMILIA Oh, Mann. Scheiße!!!

ANETTE Stimmt gar nicht.

EMILIA Wieso erzählst du mir das dann?

ANETTE Wollte nur sehen, wie du reagierst. Wieso hast du Scheiße geschrien?

EMILIA Weiß ich auch nicht. Ich hätte genauso gut toll sagen können.

ANETTE Und warum hast du's nicht gesagt?

EMILIA Weiß ich nicht. Vielleicht weil ich es toll gefunden hätte und das nicht so gern zugebe…

ANETTE Aber wieso denn nicht?

EMILIA Ach, Mensch, Anette, jetzt stell dich doch nicht so blöd. – Es ist nicht so, daß ich jetzt unbedingt selbst gern schwanger wäre, aber ich habe im Moment so wenig Optionen. Vorher wußte ich nicht, was ich wollte, weil ich zu viele Möglichkeiten hatte: Heiraten wir? Sollen wir Kinder haben? Wenn ja, wie viele? Wann? Wo sollen wir leben? …Und jetzt habe ich zu wenige. Um genau zu sein, gar keine.

Sie lacht unsicher.

ANETTE Das tut mir leid.

EMILIA Prima! Und schon habe ich es wieder geschafft, daß ich allen leid tue. Es geht mir prima, okay?

ANETTE In Ordnung, es geht dir prima.

EMILIA Super.

ANETTE Super.

EMILIA Einfach super. Wärst du's gerne?

ANETTE Was?

EMILIA Schwanger.

ANETTE ...die Mütter auf den Spielplätzen sehen immer so einsam und verloren aus... wie rausgefallen aus der Welt... als gehörten sie nicht mehr richtig dazu...

Spot auf die Männer, die alle drei ihre Palm Pilots gezogen haben.

DYLAN Ihr müßt auf den Fünfer umsteigen. Der ist viel schneller und hat viel mehr drin. Hier ...jeder Stadtplan von jeder Stadt der Welt...

BORIS Hab ich auch.

DYLAN Nicht von jeder aus der ganzen Welt.

BORIS Ich fahre nicht so oft nach Guayaquil oder Kuala Lumpur...

FELIX Ich hab dafür das große Wörterbuch Deutsch-Englisch und den Duden...

DYLAN Tja, wenn du das brauchst...

Alle lachen.

FELIX Du verdammter Angeber.

BORIS Ich benutze meinen, ehrlich gesagt, nur für meine Mails, Adressen und Termine...

DYLAN Aber der Fünfer ist viel schneller!

BORIS In der Zeit, wo meiner lädt, meditiere ich.

FELIX Oha!

DYLAN Na toll.

BORIS Ja, was? Das »Tao des Krieges«. Kennt ihr das? Müßt ihr unbedingt lesen. Die Dynamik des Nichtagierens.

DYLAN Die Dynamik des Nichtagierens? Schwachsinn.

BORIS Nee, wirklich klug. Nicht reagieren, sondern abwarten.

DYLAN Jetzt weiß ich, warum du manchmal so langsam bist. Das ist dein Problem, mein Lieber.

BORIS Ach, meinst du?

DYLAN Ja.

FELIX Jetzt kloppt euch nicht noch vorm Essen. Ich hab nämlich Hunger.

DYLAN Bist du nur zum Essen hergekommen?

FELIX Eigentlich schon. Du kochst immer so gut.

DYLAN Wie ist das Leben allein?

FELIX Aufregend. Ich hatte ganz vergessen, wie aufregend es sein kann…

BORIS Könnt ihr auch SMS verschicken?

FELIX Mach ich mit meinem Handy.

DYLAN Ist doch blöd, dieses Rumgetippe, bis du mal endlich den richtigen Buchstaben erwischt hast…

FELIX Hast du keine automatische Spracherkennung?

Er zieht sein Handy raus.

FELIX Das reagiert auch auf Sprache. Hier: Dylan.

Dylans Telefon klingelt in seiner Hosentasche. Dylan nimmt Felix das Telefon aus der Hand und flüstert »Arschloch« rein.

DYLAN Jetzt müßte es bei mindestens einem von uns klingeln, oder?

BORIS Nur bei einem? Hier – kennt ihr den?

Er zieht einen nur scheckkartengroßen Palm Pilot aus der Tasche.

BORIS Da hab ich alle meine Termine drin, alle Adressen und Telefonnummern, alles, was ich brauche.
FELIX Zeig mal her.
DYLAN Für das Ding brauchst du ja Barbiefinger...
BORIS Nee, den steck ich einfach in meinen Laptop und lad mir alles runter. Das ist der Kleinste, den es auf dem Markt gibt.
FELIX Früher ging's drum, wer den Größten hat...
DYLAN *seufzt* Das waren noch Zeiten...

Spot auf die Frauen, Anette und Emilia. Sie betrachten zusammen ein Architektenpuppenhaus vom Museum of Modern Art, das bei Charlotte und Dylan im Regal steht.

ANETTE ...Ich würd mir manchmal gern gleich das ganze Gesicht absaugen lassen.
EMILIA Und ich das Hirn. Müßte ich nie mehr drüber nachdenken, wie ich aussehe.
ANETTE Weiß Dylan das?
EMILIA Nee. Bestimmt nicht. Wahrscheinlich hat er's gar nicht gemerkt. –
ANETTE Meinst du, daß die beiden noch miteinander vögeln? Sie wirken irgendwie so ... so vertrocknet...
EMILIA *spielt mit den Puppen im Haus, imitiert Dylan und Charlotte* Hallo, Dylan. Möchtest du vielleicht? Ich

habe gerade überhaupt keine Kopfschmerzen und bin nicht müde. Oh, Charlotte, Darling, ich glaube, ich kann gerade nicht, weil ich seit dem Börsengang so viel Geld habe und so viel Stress, daß ich keinen mehr hochkriege.

ANETTE *lacht* Ist das wahr?

EMILIA *wiegelt ab* Könnte doch sein.

ANETTE Du alte Schlange. Hat Charlotte dir das erzählt?

EMILIA Ich hab nichts gesagt, okay?

ANETTE Natürlich nicht.

Es klingelt.

EMILIA Wer kommt denn noch?

ANETTE Keine Ahnung. Ich dachte, nur wir…

Dylan rennt zur Tür. Es ist der Mann mit der Ente. Dylan versucht zu verbergen, daß er eine große Tüte von dem Mann entgegennimmt. Er drängt ihn halb nach draußen, bezahlt ihn, schmuggelt die Tüte an Anette und Emilia vorbei in die Küche und direkt in den Ofen.

DYLAN Ein Nachbar …wollte nur 'ne Zwiebel ausleihen…

Charlotte kommt in einem langen, schwarzen Kleid herein.

CHARLOTTE Wer wollte eine Zwiebel ausleihen?

DYLAN Hey, du siehst richtig klasse aus.

CHARLOTTE Wer war das mit der Zwiebel?

DYLAN Ach, die von oben, weiß nie, wie sie heißen … Du siehst wirklich toll aus, Mäuschen.

CHARLOTTE Die Bergmanns wollten eine Zwiebel ausleihen?

Dylan versucht verzweifelt, ihr zu verstehen zu geben, daß es sich um die Ente gehandelt hat, aber Charlotte kapiert nicht. Die beiden anderen Männer und die Frauen kommen zum Eßtisch.

CHARLOTTE Das ist doch unglaublich! Erst wollen sie uns verklagen wegen dem Balkonanbau, und jetzt kommen sie und wollen eine Zwiebel.

BORIS Wer will euch verklagen?

DYLAN Jetzt haben wir drei hochelegante Frauen, und wie sehen wir aus? Wir passen nicht zu euch!

ANETTE Männer und Frauen passen eh nicht zusammen, also entspann dich.

FELIX Wir sollten einfach Brunftzeiten ausmachen wie beim Wild, es wäre alles so viel einfacher …

EMILIA Prima. Dann müßtet ihr euch ins Abendkleid schmeißen und nicht wir. Guckt euch mal an, wie sich die Männchen in der Natur rausputzen und wie ihr dagegen ausseht …

BORIS Wir haben's halt nicht nötig. Wir kriegen immer eine ab, weil ihr ja unsere Seele liebt und nicht unsere Körper …

EMILIA Träum schön weiter, Boris.

CHARLOTTE Ich habe eine kleine Sitzordnung gemacht: Kein Paar darf zusammensitzen …

BORIS Ooooh…

FELIX Außer Emilia und ich. Wir sind kein Paar mehr.

CHARLOTTE Tut mir leid, Boris, ein bißchen Auflockerung tut uns allen ganz gut…

FELIX Wir werden bald spießiger als unsere Eltern jemals waren.

DYLAN Außer dir, natürlich, Felix.

FELIX Ich habe wir gesagt. Wir werden bald spießiger.

CHARLOTTE Du hast wir gesagt und ihr gemeint.

ANETTE Frieden.

EMILIA Auch schon wieder so was Spießiges.

Alle lachen und setzen sich.

Vorhang.

Fünfte Szene

Alle sitzen um den Eßtisch herum, Emilia neben Boris, Felix neben Anette. Charlotte trägt die prächtig dekorierten Enten herein. Alle klatschen.

BORIS Wer hat heute gekocht?
DYLAN Ganz allein Charlotte.
BORIS Dann gibt's heute überhaupt keine Algen?
DYLAN Nee, darauf wirst du verzichten müssen.
EMILIA Darüber bin ich aber froh.
DYLAN Das gestehst du mir jetzt?
EMILIA Ich hab mich immer ein bißchen geekelt. Sie sind so glitschig...
DYLAN Wer noch? Raus mit der Sprache!

Alle melden sich.

DYLAN Ihr habt euch alle vor meinen wunderbaren Algen geekelt? Ich faß es nicht! Ihr verdammten Pharisäer, kein Wort habt ihr gesagt!
ANETTE Weil du immer erzählt hast, man könnte unseren gesamten Planeten retten, wenn wir statt Fleisch Algen essen würden...
FELIX Wir haben ein gutes Werk getan...

ANETTE Was man jetzt nicht sagen kann, ... aber ihr Entchen sieht entzückend aus! Daß du so was kannst, Charlie. Die sind ja richtig glasiert!

DYLAN Sie kann noch ganz andere Sachen, von denen ihr keine Ahnung habt...

ANETTE Da bin ich sicher...

CHARLOTTE Kommt, fangt an.

Sie steht auf und macht ein Foto von der ganzen Gesellschaft.

CHARLOTTE Mein Gott, sehen wir heute alle edel aus. Und so wahnsinnig erwachsen...

FELIX Nur einen winzigen Augenblick lang, bevor wir alle denken, mein Gott, sehen wir aber alle alt aus.

EMILIA Das geht mir jetzt schon so.

FELIX Ach, hör auf damit. Du bist nur in einer Krise.

DYLAN Was für eine Krise?

EMILIA Nicht wirklich eine Krise ... ich weiß nur nicht so recht vor und zurück ... das ist alles.

FELIX In der Mitte meines Lebens wußte ich nicht, wohin mich wenden... oder so ähnlich. Dante, göttliche Komödie.

DYLAN Mir geht es jeden Tag so. Seit ich denken kann. Ich dachte, Algen helfen dagegen.

BORIS Und Workout.

ANETTE Joggen.

FELIX Gewichte.

EMILIA Therapie.

CHARLOTTE Liebe.

FELIX Sex.

CHARLOTTE Liebe.

ANETTE Die Ente ist wirklich gut. Ich komme nicht drüber weg, daß du einfach so 'ne Ente hinkriegst und ich nichts davon weiß, obwohl ich dich schon so lange kenne...

CHARLOTTE Ich habe Liebe gesagt.

FELIX Wir haben es gehört.

ANETTE Und? Was ist jetzt mit der Liebe?

DYLAN Charlie hat heute die Theorie entwickelt, daß ich Speck auf meiner Seele angesetzt habe...

EMILIA Interessant. Speck auf der Seele. Haben manche... Felix auch. So richtige Schwimmreifen.

FELIX Danke. Ihr Frauen natürlich nicht, weil ihr immer nur euren Tofu kaut...

ANETTE Wir haben vielleicht das Gegenteil, so kleine, verhungerte Seelen, die vor sich hinpiepsen wie junge Vögel im Nest...

DYLAN Ach Gottchen.

ANETTE Vergiß nicht, Dylan, du bist hier der mit dem Speck auf der Seele...

DYLAN Möchte jemand noch was von der Ente?

FELIX Ich habe dich gehört, Charlotte, auch wenn alle so tun, als hätten sie dich nicht verstanden... Die Liebe, ...habt ihr das auch gelesen, daß sie jetzt sagen, daß es alles nur der Geruch ist ...Pheromene oder so ähnlich.

EMILIA Pheromone.

FELIX Egal. Man hat diese Dinger in der Nase, und damit sucht man sich seinen Partner aus. Das gesamte genetische Programm kann man offensichtlich riechen. Wenn der andere genetisch nicht paßt, dann verliebe ich mich auch nicht.

ANETTE Habe ich auch gelesen. Und wenn Frauen die Pille nehmen, verändert sich ihr Geruchssinn, und wenn sie sie wieder absetzen, kann es passieren, daß sie den Mann ihrer Träume plötzlich nicht mehr riechen können. Im wahrsten Sinne des Wortes …

CHARLOTTE Ist das alles traurig. Wir sind komplett vorprogrammiert und austauschbar.

EMILIA Wieso? Wenn nur ein Einziger richtig riecht?

CHARLOTTE Er kann das größte Schwein sein, Hauptsache er riecht richtig, oder wie?

BORIS Charlie, ich glaube, du bist die einzige Person in der westlichen Welt, die sich über die Liebe noch ernsthaft den Kopf zerbricht.

CHARLOTTE Und was machen all die anderen?

FELIX Nehmen Drogen.

BORIS Moment mal! Hier sind doch immerhin an diesem Abend zwei Paare von drei ziemlich glücklich miteinander. Und ihr wart mal das größte Liebespaar von allen *zu Emilia und Felix* – ich finde, das ist eine ziemlich gute Quote …

FELIX Zufall. Und wenn's wirklich stimmt, daß ihr so glücklich seid, wie ihr tut …

CHARLOTTE Klar. Ich bin so glücklich, ich könnte schreien.

EMILIA Wußtet ihr, daß selbst Paare, die über zwanzig Jahre zusammen leben, noch nicht mal die Hände des anderen identifizieren können?

BORIS Was ist das jetzt wieder für eine aufmunternde kleine Information?

EMILIA Ich erzähle nur von wissenschaftlichen Tatsachen.

ANETTE *nimmt Boris' Hände* Ich würde deine Hände selbst im Dunklen wiedererkennen.

EMILIA Du würdest noch nicht mal seinen Körper wiedererkennen, geschweige denn seine Hände.

BORIS Was ist das denn für ein Käse?

EMILIA In meiner Abteilung machen sie die ganze Zeit diese Experimente. Kognitive Verhaltensforschung nennt man das. Paare bekommen die Augen verbunden und sollen nur über den Tastsinn ihre Partner erkennen …

DYLAN So ein Quatsch. Ich würde doch meine Frau wiedererkennen.

EMILIA Nein, würdest du mit an Sicherheit grenzender Wahrscheinlichkeit nicht.

DYLAN Ich darf sie anfassen und an ihr riechen?

EMILIA Sie darf natürlich kein Parfüm tragen, was du kennst.

DYLAN Jede Wette.

CHARLOTTE Du bist so süß, Dylan.

BORIS Und man darf überall hinfassen?

EMILIA Jaaaaa.

BORIS Wenigstens bin ich an einer Stelle absolut einmalig.

ANETTE Du elender Angeber.

BORIS Na, du würdest mich doch erkennen, oder?

ANETTE Ich weiß nicht …

BORIS Also wirklich.

ANETTE Na gut, wenn alle anderen Männer klein und dick wären, dann schon. Oder einer Haare auf der Brust hätte …

EMILIA Nein, nein, alle müssen sich so ungefähr ähneln.

BORIS Also ich würde Anette erkennen. Jede Wette.

FELIX Jede Wette?

BORIS Jede Wette.

FELIX Wieviel? Emilia braucht Geld. Sie muß endlich mal raus aus diesem Loch, in dem sie haust wie eine Ratte.

EMILIA Ich bin glücklich in meinem Loch. Ich bin da sehr gemütlich depressiv, ich will da gar nicht raus, wovon redest du?

FELIX Du brauchst Geld, Darling, dann bist du auch wieder besser drauf.

CHARLOTTE Geht es dir so schlecht, Emilia? Warum sagst du nichts?

FELIX Es soll Menschen geben, die noch keine Aktienmillionäre sind.

EMILIA Stopp! Heute abend reden wir bitte, bitte nicht über Geld.

ANETTE Sehr einverstanden!

CHARLOTTE Bitte nicht!

FELIX Dann reden wir über die Liebe. Also wieviel?

ANETTE Das hat doch nichts mit Liebe zu tun, ob man sich im Dunkeln erkennt oder nicht.

CHARLOTTE Findest du nicht, daß man sich, wenn man Jahre zusammen lebt, wenigstens so gut kennen sollte? Das ist doch ein schreckliches Armutszeugnis, wenn man noch nicht mal den Körper des anderen erkennt…

BORIS Also gut, ich nehme die Wette an. Aber wie soll das gehen?

EMILIA Also, du und Dylan, ihr seht euch schon mal sehr ähnlich…

DYLAN Na, also wirklich.

EMILIA Oberflächlich. Ihr seid beide ungefähr gleich groß, schlank. Habt keine Haare auf der Brust.

ANETTE An was du dich alles erinnerst...

CHARLOTTE Ja, interessant...

BORIS *schnell* Ein gutes Experiment hängt von der exakten Versuchsanordnung ab. – Kennt ihr das mit den Ratten und dem Orgasmus?

Alle stöhnen »ja«, außer Charlotte.

CHARLOTTE Was ist mit den Ratten?

BORIS Kennst du nicht? Ratten hat man vor die Wahl gestellt, zwei verschiedene Tasten im Käfig zu drücken. Die eine gab ihnen zu fressen, die andere einen Orgasmus.

DYLAN Sie sind verhungert.

ANETTE Kann ich noch was von der Ente haben?

Alle lachen.

EMILIA Also, wenn ihr beide, Boris und Dylan, euch ausziehen würdet...

FELIX ...und Anette und Charlie euch mit verbundenen Augen betatschen würden...

CHARLOTTE *lacht* Au ja! Ich wollte dich immer schon mal betatschen, Boris...

DYLAN Moment! Wir dürfen gar nicht tatschen?

EMILIA Na ja ...ihr könntet euch ebenfalls die Augen verbinden, und die Frauen müßten sich auch ausziehen.

ANETTE Mich erkennt Boris doch allein schon an meinem Speck…

BORIS Meinst du den auf der Seele?

ANETTE Blödmann.

EMILIA … die meisten Paare erkennen sich wirklich nicht…

CHARLOTTE Erkennen … wie in der Bibel. Mich würdest du nicht erkennen, Dylan, da bin ich leider jetzt schon sicher.

DYLAN Blind würde ich dich erkennen. Immer. Ich dich schon.

FELIX Also wieviel?

CHARLOTTE Und du glaubst nicht, daß ich dich erkennen würde?

DYLAN Du willst irgendeinen Scheißbeweis von mir. Aber für was?

CHARLOTTE Ich dachte, das weißt du.

FELIX Also was ist jetzt?

BORIS Tausend Mark.

ANETTE Spinnst du?

BORIS Na, das ist ja toll! Du glaubst ja sehr an mich.

ANETTE Was soll das Ganze schon beweisen?

CHARLOTTE Ob wir uns wirklich als Unikate wahrnehmen, finde ich schon ziemlich interessant.

EMILIA Meistens ist es, glaube ich, ziemlich wurscht, mit wem wir da zusammen sind. Ich hatte nach sechs Jahren auf jeden Fall das Gefühl, daß Felix mit mir als Art zusammen war, mit einer Frau statt mit einer Pflanze oder einem Tier, aber nicht mit mir persönlich…

CHARLOTTE Genau. Genau, das ist es.

ANETTE Aber wieviel Persönlichkeit steckt in deinem Körper?

EMILIA Ich dachte, genug.

FELIX Zum Glück brauchen wir das jetzt nicht mehr zu diskutieren, oder? Wir sind schließlich kein Paar mehr und müssen uns nicht mehr kennen…

BORIS Das heißt, ihr beide wärt gar keine Kandidaten für das Spiel?

FELIX Wir sind die Schiedsrichter.

BORIS Na, Dylan, wieviel setzt du?

DYLAN Gar nichts. Ist doch ein Scheißspiel.

CHARLOTTE Daß du das nicht riskieren willst, ist ja klar.

BORIS Hoho – höre ich da einen aggressiven Unterton? Soll ich schon mal den Feuerlöscher holen?

CHARLOTTE Es ist mir egal, was du hörst, Boris, ich würde das gerne ausprobieren.

DYLAN Aber ich nicht.

CHARLOTTE Dann gehe ich jetzt.

Charlotte steht auf. Emilia versucht, sie zurückzuhalten.

EMILIA Jetzt komm, das ist doch alles nur ein Spiel.

CHARLOTTE Schon wieder? Ich habe es so satt mit diesen Spielen, die nichts bedeuten, gar nichts. Alles immer ohne Konsequenzen, hahaha, war nicht so gemeint, unser Leben, just kidding. Scheiße.

DYLAN Zehntausend.

FELIX Zehntausend was?

DYLAN Ich setze zehntausend Mark, daß ich den Körper meiner Frau im Dunkeln erkenne.

FELIX Ist nicht dein Ernst.

DYLAN Doch. Du weißt doch, wir ham's. Ich schwimme doch in Geld.

EMILIA Ach komm, Dylan, wir vergessen das jetzt einfach und reden über was anderes.

DYLAN Nein, wir machen das jetzt. Du hast es angezettelt, jetzt mußt du ausnahmsweise auch bei der Stange bleiben.

FELIX Was meinst du damit?

DYLAN Daß du als Chefzyniker jetzt nicht davonkommst. Und auch nicht recht behalten wirst, wie sonst immer, weil nichts einfacher ist, als mit Zynismus recht zu behalten. Es kann niemand was dafür, daß eure Beziehung in die Brüche gegangen ist.

FELIX Das hat doch auch niemand gesagt.

DYLAN Aber ihr wollt jetzt unbedingt beweisen, daß jede Liebe austauschbar ist, und da halte ich dagegen. Also, hier … ein Scheck wird's ja wohl tun.

BORIS Wenn du zehn sagst, sage ich zwei, mehr kann ich leider nicht …

ANETTE Seid ihr alle doof. Ich mache bei diesem Quatsch nicht mit.

CHARLOTTE Ohne dich geht's doch nicht.

ANETTE Nein.

CHARLOTTE Und wenn ich dich bitte?

ANETTE Wieso solltest du mich bitten?

CHARLOTTE Weil es für mich um etwas geht. Deshalb.

ANETTE Mir ist das alles ein bißchen zu heavy.

BORIS Aber das wolltest du doch. Sonst ist es dir hier doch immer zu leer und zu schal.

CHARLOTTE Was?

ANETTE Das hast du gesagt, Boris, nicht ich! Wieso verdrehst du alles immer? Traust du dich nicht, laut zu sagen, was du denkst?

DYLAN Oh, là, là, du hältst uns für leer und schal. Wow, das sitzt aber.

Pause.

CHARLOTTE Was machen wir mit Parfüm? Ich kenne doch Dylans After-Shave...

EMILIA Wir besprühen Boris einfach auch mit Dylans After-Shave.

DYLAN Boris, ist ein ganz schales After-Shave...

CHARLOTTE Haare. Boris kriegt 'ne Glatze.

BORIS Danke, Charlie.

FELIX Okay – keine Griffe in die Haare.

ANETTE Ich hab noch gar nicht gesagt, daß ich mitmache.

BORIS Aber das gewinnen wir doch wie nichts.

DYLAN Was tust du eigentlich in den Topf, Felix? Du bist dir doch so sicher, daß wir verlieren?

FELIX Okay – fünftausend.

EMILIA Du brauchst jetzt wirklich nicht den starken Max zu markieren.

DYLAN Laß ihn nur. Das macht siebzehntausend. Und die Frauen? Was ist mit euch?

BORIS Geizig wie immer, wenn's nicht gerade um ein Paar neue Schuhe geht.

CHARLOTTE Dylan hat für uns beide einbezahlt.

EMILIA Und ich habe wirklich keine müde Mark in der Tasche...

FELIX Du mußt auch nicht, das Ganze ist ja eine Emilia-Benefiz-Veranstaltung.

EMILIA Das will ich aber gar nicht.

CHARLOTTE Anette, was ist jetzt?

ANETTE Ich finde, daß das total doof ist. Aber bitte, wenn ihr es alle so gern wollt ... hier ...

Sie streift ihre Uhr vom Handgelenk.

BORIS Moment mal, die habe ich dir geschenkt!

ANETTE Du bist doch so sicher, daß wir uns wiedererkennen.

BORIS Ich dich. Aber du mich?

Vorhang.

Sechste Szene

Musik. Charlotte und Anette strippen. Die Männer, Boris und Dylan, ziehen sich eher muffelnd aus. Emilia sortiert ein paar Tücher zum Augenverbinden aus, Felix zählt das Geld im Topf.

EMILIA *flüstert* Wie kommen wir hier lebend wieder raus? Wieso hast du das angezettelt?

FELIX So kommt doch mal ein bißchen Leben in die Bude…

EMILIA Am Ende wird jeder jeden hassen.

FELIX Dann wäre es doch dasselbe wie am Anfang… Ihnen ein bißchen Feuer unterm Hintern machen, gefällt dir nicht?

Emilia lacht.

FELIX Siehst du. Du hast es genauso satt wie ich, daß immer nur wir beide die Versager sind…

EMILIA Nur darum geht es dir, zu beweisen, daß die anderen auch nicht die perfekten Paare sind?

FELIX Du kapierst offenbar nicht, daß es für mich eine richtige Niederlage ist, daß wir nicht mehr zusammen sind.

EMILIA Welches Spiel hast du denn deiner Meinung nach verloren?

FELIX Dich. Dich habe ich verloren.

EMILIA Tja. Wie den Hausschlüssel. Erst ist man ganz hysterisch, dann geht man zum Schlüsseldienst und holt sich einen neuen.

FELIX Du bist gemein.

EMILIA Und du sentimental.

FELIX Ich glaube nun mal an die große Liebe.

EMILIA Red keinen Quatsch. Was machst du denn, wenn wir verlieren? Du hast doch überhaupt keine fünftausend Mark.

FELIX Wir werden nicht verlieren.

EMILIA Wieso nicht?

FELIX Psscht.

Die beiden Paare stellen sich in der (sehr ähnlichen) Unterwäsche vor Emilia und Felix auf. Sie halten sich an den Händen, kichern blöd.

Felix verbindet Charlotte und Anette die Augen, boxt dann vor ihnen in die Luft, um zu sehen, ob sie noch was sehen können. Emilia verbindet den Männern die Augen.

EMILIA Ihr dürft keinen Pieps von euch geben, ist klar, oder? Euch nur stumm befühlen…

BORIS Und ihr beide guckt zu…?

FELIX Wir sind nun mal die Schiedsrichter.

DYLAN Ihr seid pervers, ihr beiden. Ich finde, ihr solltet rausgehen.

BORIS Ja.

ANETTE Finde ich auch. Es wird sonst so …

FELIX Wenn ihr schwört, daß ihr nicht schummelt.

BORIS Nein, es wird nur gefummelt.

DYLAN Untersteh dich!

BORIS Könnte doch Anette sein.

CHARLOTTE Könnte.

EMILIA Also gut, wir gehen raus, wir sind schließlich keine Spanner.

DYLAN Was glaubt ihr denn, was hier abgeht? Die große Sexorgie, oder was?

FELIX Wir führen euch jetzt in eure Ecken …

BORIS Wie beim Boxen.

ANETTE Wie lange haben wir Zeit?

EMILIA Wie lange braucht ihr?

ANETTE Eine Minute.

BORIS Danke.

CHARLOTTE Nein, das ist zu kurz. Fünf.

EMILIA Okay, fünf Minuten.

FELIX So, jetzt müßt ihr euch leider trennen … jetzt wird es Ernst …

Emilia nimmt Charlotte an der Hand und dreht sie, Felix macht dasselbe mit Anette.

ANETTE Ist wie Kindergeburtstag …

BORIS Topfschlagen. Ich will Topfschlagen!

FELIX Als Gewinn gibt's die große Liebe.

Die Männer werden ebenfalls gedreht. Emilia und Felix nehmen Charlotte und Anette an der Hand und an die andere Boris und Dylan. Sie tauschen noch einmal aus, dann wieder zurück, so daß am Ende die echten Paare zusammen sind. Sie führen die Paare zur Couch und setzen sie sich gegenüber. Beide lassen ihre Paare los. Emilia zieht eine Eieruhr auf und stellt sie auf den Tisch.

EMILIA So, Achtung, die Zeit läuft. Und los!
FELIX Wir gehen jetzt! Und es wird nicht geschummelt!

Aber anstatt zu gehen macht er, um die beiden Paare zu täuschen, eine Tür auf und zu. Emilia will gehen, aber Felix läßt sie nicht. Felix legt den Finger auf die Lippen und zieht Emilia zurück an den Eßtisch, von wo aus sie die beiden Paare bestens beobachten können.

Anette und Boris versuchen, sich zu finden, wie bei einem Blindekuhspiel. Schließlich erwischen sie sich aus Versehen und fangen sehr schüchtern an, sich zu befühlen.

Charlotte und Dylan. Charlotte untersucht Dylans Füße. Dylan ist komplett passiv.

Emilia und Felix. Emilia beobachtet das Ganze mit gemischten Gefühlen, während Felix vor sich hin grinst. Er findet das alles offensichtlich ganz prima.

Anette und Boris. Anette betastet Boris' Brust, legt ihren Kopf auf seine Brust.

Charlotte und Dylan. Charlotte befühlt Dylans Nacken, seine Kniekehlen, seinen Nabel.

Emilia und Felix. Felix will Emilias Hand nehmen, was sie jedoch abwehrt.

Anette und Boris. Anette befühlt sehr genau Boris' Hände, seine Arme, sie streicht ganz leicht seine Arme rauf und runter.

Charlotte und Dylan. Charlotte betastet jetzt Dylans Brustwarzen, und Dylan bemüht sich sehr, keine Reaktion zu zeigen, bis er aufgibt und ungeschickt anfängt, Charlotte zu berühren.

Emilia und Felix. Felix versucht, aufs neue, wenigstens Emilias Hand zu nehmen, was sie diesmal auch geschehen läßt.

Charlotte und Dylan. Charlotte nimmt Dylans Hände und legt sie sich auf den Busen.
Dylan denkt nach, ob er diesen Busen kennt.

Anette und Boris. Anette arbeitet sich an Boris' Brust nach unten. Boris befühlt ihre Schenkel.

Emilia und Felix. Felix fängt an, Emilia zu streicheln, was sie erst widerstrebend, aber dann doch immer mehr geschehen läßt.

Charlotte und Dylan fangen an, immer mehr Gefallen an diesem Spiel zu finden, ebenso wie Anette und Boris, und auch Emilia und Felix. Felix küßt jetzt Emilia, die anscheinend nichts mehr dagegen einzuwenden hat.

Die Atmosphäre wird immer schwüler, sie heizt sich immer mehr auf. Charlotte ist dabei, sich den BH auszuziehen, um es Dylan besser zu ermöglichen, ihre Brust anzufassen.

Boris bemüht sich, nicht zu offensichtlich Anettes Berührungen zu genießen, aber kurz bevor die Dinge drohen, außer Kontrolle zu geraten, klingelt die Eieruhr. – Felix springt auf, macht wieder zum Schein die Tür auf und zu.

FELIX Stopp! Ihr dürft noch nicht die Augenbinden abnehmen.
EMILIA Jeder muß erst seine Meinung abgeben.
FELIX Nimm dein Paar…

Felix nimmt sein Paar an der Hand und führt sie in die Mitte des Zimmers, Emilia macht dasselbe.

FELIX So, und jetzt stellt ihr euch gegenüber auf, faßt euch an den Händen…

Felix bedeutet Emilia, ihr Paar mit seinem über Kreuz aufzustellen, so daß nun Charlotte und Boris und Dylan und Anette sich gegenüberstehen und sich die Hände reichen in der Annahme, daß sie die Paare von zuvor sind. Emilia will das nicht mitmachen, hat aber keine Wahl, denn Felix spielt einen Pseudotusch und tut so, als wäre es eine Fernsehshow.

FELIX Der Moment der Wahrheit!! Und der erste Kandidat meldet sich zu Wort. Also, Dylan, wer war's?
DYLAN Kann erst jemand anderes drankommen?
FELIX Nein, tut mir leid. Erst die Männer, dann die Frauen. Also, Dylan, welche Frau war es?
DYLAN *nach einer langen Pause* Charlotte.
FELIX Sicher?
CHARLOTTE *schnell* Und ich bin sicher, daß es Dylan war.
FELIX Ach, so viel Vertrauen ist einfach rührend. Und woran hast du das erkannt?
CHARLOTTE *kichert* Er war so verklemmt wie immer.
DYLAN Danke, Darling.
FELIX Boris?
BORIS *seufzt* Ich will verflucht sein, wenn es nicht Anette war.
FELIX Heißt das, du weißt es?
BORIS Ich hoffe es.
EMILIA Aber weißt du es auch?
BORIS Ja, klar.
EMILIA Sicher?
BORIS Logisch.
FELIX Und du, Anette?
ANETTE Bleibt mir da noch eine Wahl?
EMILIA Ja klar. Du kannst doch sagen, was du denkst.

Anette macht eine lange Pause, die Boris sehr nervös macht.

ANETTE Na gut, ich denke auch, daß es Boris war.

EMILIA Ihr beide wirkt so unsicher.

BORIS Nein, bin ich nicht.

FELIX Na, dann – tratra! Und die Augenbinden runter!!!!!!!

Alle reißen sich die Augenbinden herunter und sind natürlich sehr enttäuscht, daß sie dem falschen Partner gegenüberstehen.

DYLAN Nee, also, das glaube ich nicht. Unmöglich!

ANETTE Ich hab's mir doch gedacht!

CHARLOTTE Scheiße!

DYLAN Unmöglich. Das ist einfach unmöglich!

BORIS Moment mal, wer sagt uns, daß ihr nicht schummelt?

FELIX Daß ihr mir nicht über den Weg traut, okay, aber Emilia ist unbestechlich, oder?

DYLAN Emilia, komm, sag die Wahrheit! Das ist ein blöder Trick, oder?

Emilia schweigt.

DYLAN Ihr könnt das Geld behalten, aber gebt zu, daß das ein blöder Trick war …

CHARLOTTE So sicher warst du dir, daß ich es war?

DYLAN Du doch auch.

BORIS Schwört ihr, daß wir wirklich so zusammen waren?

Felix hebt sofort die Hand.

DYLAN Emilia, du mußt es auch schwören.

EMILIA Ich hab gewußt, daß es Ärger gibt.

ANETTE Also, darf ich mal was sagen? Ich hab eigentlich nur gesagt, daß es Boris war, weil ich ihn nicht enttäuschen wollte, weil er doch so sicher war, daß ich es bin.

BORIS Toll.

ANETTE Denkt doch mal nach. Ist doch logisch, daß wir uns alle wünschen, daß es unser Partner ist. Und natürlich waren wir dann nicht mit unseren Richtigen zusammen, sondern mit den Falschen, aber die Angst, zu sagen, es war nicht der Richtige, ist größer als die Angst, zu sagen, es war der Falsche, wenn's der Richtige war.

BORIS Ich glaube, ich kann dir nicht ganz folgen.

DYLAN Ich schon.

Charlotte haut Dylan eine runter.

CHARLOTTE Ich hab's gewußt, daß du mich nicht erkennst!

Sie bricht in Tränen aus und rennt raus. Die anderen fangen an, sich anzuziehen.

DYLAN Scheißspiel.

FELIX Sorry, aber du warst dir so sicher, daß du deine Frau erkennst. Du wolltest doch unbedingt wetten. Du warst doch der allererste.

BORIS Das stimmt.

DYLAN *zu Boris* Es hat dir ja wohl Riesenspaß gemacht.

BORIS Nicht so viel wie wahrscheinlich dir.

DYLAN Willst du eins auf die Nuß?

BORIS Warum nicht? Komm doch her, Dylan. Davon träumst du doch schon lange …
Na, komm schon, komm schon, du feiger Sack … Anette hat den schönsten Busen der Welt, nicht? Findest du nicht? Ich will ja nicht vergleichen …

Dylan schlägt zu, Boris zurück. Eine richtige Schlägerei ist im Handumdrehen im Gange.

ANETTE *schreit Felix an* Zufrieden, ja? Wenn du was anzettelst, Felix, endet es immer im Streit.

FELIX Ach komm, du bist doch bloß sauer, daß dein Süßer deine beste Freundin begrapscht hat.

ANETTE Auf jeden Fall bist du um zwölftausend Mark reicher … Herzlichen Glückwunsch …

FELIX Ist nicht mein Geld, ist Emilias.

EMILIA Ist es nicht.

ANETTE Und was haben wir jetzt davon? Einen ruinierten Abend. Vielen Dank.

Vorhang.

Siebente Szene

Die Wohnung von Charlotte und Dylan ist ein Schlachtfeld. Ganz in eine Ecke des Sofas verkrochen sitzt Dylan und trinkt Whisky aus einer Flasche. Charlotte kommt im Nachthemd herein und fängt an aufzuräumen.

DYLAN Laß doch. Das machen wir morgen.

Charlotte macht weiter. Spricht kein Wort. Dylan erhebt sich schwankend, setzt sich an den zugemüllten Eßtisch, während Charlotte um ihn herum aufräumt.

DYLAN Hör auf.

Charlotte macht weiter. Dylan hält sie am Arm fest, aber Charlotte macht sich los.

DYLAN Noch mehr schlechtes Gewissen. Noch ein Pfund und noch ein Pfund. Gib's mir. Ich bin an allem schuld.

CHARLOTTE Ich will morgen früh nicht in eine stinkende Küche kommen, das ist alles.

DYLAN *haut sich an die Brust* Mea culpa, mea culpa, mea culpa. Es ist alles meine Schuld. Wie oft soll ich es sagen, damit du zufrieden bist?

CHARLOTTE Mach dich nicht so wichtig.
DYLAN Ich entschuldige mich in aller Form bei dir.
CHARLOTTE Wofür eigentlich?
DYLAN Ich habe dich nicht erkannt. Ich habe dich einfach nicht erkannt. Tut mir leid, Baby.
CHARLOTTE Ich hatte nichts anderes von dir erwartet.
DYLAN Ich hatte nichts anderes von dir erwartet. Was gibt es Schöneres als eine Frau, die einen aufbaut …?

Dylan hält sie wiederum fest. Charlotte versucht, sich loszumachen, schafft es aber nicht.

DYLAN Setz dich her. Setz dich verdammt noch mal her zu mir.
CHARLOTTE Ich will nicht.
DYLAN Kannst du dich nicht fünf Minuten zu deinem Mann setzen, verdammt noch mal?
Inszenierst du jetzt dies ganze blöde Drama: Ich habe es eh nicht anders erwartet, und ich nehme mich zusammen und räume die Küche auf und beiße die Zähne zusammen, meine kleinen weißen Zähnchen, und tue so, als ob nichts war? Setz dich hin, verdammt noch mal!

Charlotte setzt sich hin, die Hände im Schoß, den Kopf geneigt.

DYLAN Oh, Gott, nicht so.
CHARLOTTE Wie denn? Wie hättest du's denn gern, daß ich sitze?
DYLAN Nicht in dieser Opferhaltung. Das macht mich fer-

tig, wenn du dich so hinsetzt. Ich könnte da glatt 'ne Knarre nehmen und dich umlegen vor Wut.

CHARLOTTE Ich würde dir's zutrauen.

DYLAN Hör auf, Charlie, bitte hör auf mit dem Scheiß.

CHARLOTTE Mit welchem Scheiß?

DYLAN Mit genau dem Scheiß, den du da gerade machst. – Okay, ich habe dich anscheinend nicht erkannt, aber erstens war ich ein bißchen betrunken, zweitens hat alles so nach diesem Parfüm gestunken...

CHARLOTTE Es war Happy. Es ist das Parfüm, von dem du sonst sagst, daß es so gut riecht...

DYLAN Happy... *lacht*...

CHARLOTTE Du hast es mir selbst mitgebracht, wenn du's genau wissen willst.

DYLAN Wann habe ich dir diesen grauenvollen Diesel mitgebracht?

CHARLOTTE Als du aus Hongkong zurückgekommen bist. Du hast behauptet, du hättest an allen Flaschen im Duty Free gerochen, und Happy hätte dich an mich erinnert...

DYLAN Klingt wie der blanke Zynismus...

CHARLOTTE So bist du eben. Und wenn wir schon dabei sind, ich hab's nie gemocht. Aber da du immer gesagt hast, ich röche so gut, wenn ich's genommen hatte, habe ich es weiter genommen. Ich selber rieche es ja nicht.

DYLAN Das, finde ich, ist wahre Liebe.

CHARLOTTE Dylan, wir sind am Arsch.

DYLAN Wahrscheinlich. – Aber du hast mich ja genau so wenig erkannt. Hast geglaubt, daß der Klotz Boris ich bin? Hast ihn betatscht und dich begrapschen lassen und geglaubt, ich wär's?

CHARLOTTE Nein, ich habe gewußt, daß du's nicht bist.

DYLAN Und da hat es dir keinen Spaß gemacht? Erzähl doch keinen Scheiß.

CHARLOTTE Ich hab's gewußt.

DYLAN Warum hast du's dann nicht gesagt?

CHARLOTTE Ich wollte dich nicht bloßstellen.

DYLAN Das ist genau dieselbe Nummer wie mit dem Parfüm. Ich hasse das, wenn du das machst. Ja, ich war mir sicher. Ich bin mir immer noch sicher, daß Felix dran gedreht hat. Wer sagt denn, daß wir wirklich so zusammen waren, wie wir uns dann gegenübergestanden haben?

CHARLOTTE Auf Emilia kann man sich verlassen.

DYLAN Auf Emilia kann man sich verlassen. Daß ich nicht lache!

CHARLOTTE Warum sagst du das?

Pause – in der Dylan kurz davor ist, zuzugeben, daß er was mit Emilia gehabt hat.

DYLAN Zwölftausend Mark haben sie abkassiert.

Charlotte nimmt einen Umschlag und drückt ihn Dylan in die Hand.

CHARLOTTE Hier. Emilia hat's mir zurückgegeben. Sie wollte es nicht.

DYLAN Wow. Das haut mich jetzt ehrlich gesagt um. Ausgerechnet Emilia.

CHARLOTTE Wieso ausgerechnet nicht sie? Nicht jeder ist so käuflich, wie du meinst.

DYLAN Wenn sie noch mit Felix zusammen wäre, hätte sie's genommen. Aber so hatte sie wahrscheinlich Angst vor Streit mit ihm.

CHARLOTTE Warum kannst du nicht einfach zugeben, daß du dich geirrt hast? Daß du eine andere Frau für mich gehalten hast?

Dylan schweigt.

CHARLOTTE Du hast schon immer auf Anette gestanden.

DYLAN Geht es jetzt darum? Legst du jetzt die Platte auf?

CHARLOTTE Nein.

DYLAN Um was geht es denn dann, Charlie? Wir haben ein blödes Spiel gespielt, ein Scheißpartyspiel, wir sind ausgetrickst worden, na und? Sag mir, um was es hier geht?!

CHARLOTTE Ich hab's dir schon so oft gesagt, aber du verstehst es nicht.

DYLAN Bitte sag es mir noch mal. Noch ein einziges Mal.

CHARLOTTE Ich weiß nicht mehr wie.

DYLAN Bitte.

CHARLOTTE Du siehst mich nicht.

DYLAN Ich sehe dich an.

CHARLOTTE Aber du siehst mich nicht.

DYLAN Ich sehe dich jetzt ganz genau, so wie ich dich gestern genau gesehen habe oder vorgestern oder vorvorgestern. Ich kann dir genau sagen, was du zum Beispiel gestern anhattest.

CHARLOTTE Okay.

DYLAN Ein blaues Kleid mit einem roten Schal und roten Schuhen.

CHARLOTTE Sehr gut, Dylan, aber es gibt hier nichts zu gewinnen.

DYLAN Ich dachte schon.

CHARLOTTE Was ist denn deiner Meinung nach der erste Preis?

DYLAN Du.

CHARLOTTE Ich? Aber nicht wirklich ich. So ein bißchen Charlotte, aber nicht zu viel. Du willst, daß ich da bin, bei dir bin, dich gleichzeitig aber auch frei lasse – ein bißchen; daß ich flexibel bin, ab und zu weggehe, aber nicht zu weit: Auf der einen Seite muß ich ganz nah sein, um dir Dinge zu verbieten, denn sonst gäbe es keine Begierde, wenn sie nicht verboten wäre – aber ich muß in dem Augenblick verschwinden, wo sich diese Begierde formiert, denn sonst bin ich im Weg. Ich soll deine Mutter sein, die dich genug und richtig liebt, so daß du spielen kannst, während ich dasitze und sticke. So stellst du dir das vor, so wären wir erfolgreich als Paar, ein bißchen Verbieten und viel Spielen, ich soll die Sehnsucht in dir wecken, in dem ich sie dir verbiete, und dich dann in Ruhe lassen. So ungefähr wie ein Eingeborener, den du nach dem Weg fragst und der dir zeigt, wo es langgeht, aber nicht mit dir geht. Ich soll dir fremd und vertraut sein, und ich soll genau wissen, wann was von beidem, und ich gehe vor und zurück und versuche verzweifelt in den Bereich zu kommen, wo ich für dich scharf werde...

Dylan lacht.

CHARLOTTE ... Du lachst, aber es stimmt: scharf im Sinne von geil und im Sinne von scharf wie auf einem Foto. Aber scharf auf mich wirst du nur, wenn ich unscharf bin ... wenn du mich nicht erkennst. Wenn ich nicht ich bin. Und darum, glaube ich, geht es. Und deshalb geht es nicht mehr mit uns.

Dylan seufzt.

DYLAN Ich versuche wirklich zu verstehen, was du sagst, aber es ist ein bißchen so, als hättest du irgendeinen sehr seltsamen Akzent. Ich verstehe nur jedes dritte Wort, und der Zusammenhang ist mir schleierhaft. Mit dir bin ich manchmal so ... so im Ausland ...

CHARLOTTE Ich mit dir auch.

DYLAN Aber du siehst mich immer scharf?

CHARLOTTE Ich glaube.

DYLAN Du erkennst mich immer als der, der ich bin?

CHARLOTTE Ja, ich denke schon.

DYLAN Ich habe oft das Gefühl, daß du keine Ahnung hast. Aber weißt du, was der Unterschied ist? Es macht mir nichts aus. Es ist okay.

CHARLOTTE Es interessiert dich nicht?

DYLAN Nein, es macht mir nichts aus.

CHARLOTTE *leise* Speck auf der Seele.

DYLAN Du bist so gemein.

CHARLOTTE Du erkennst mich nicht, und ich werde dadurch unsichtbar.

DYLAN Nicht für mich.

CHARLOTTE Aber für mich.

DYLAN Du wirst für dich selbst unsichtbar? Wie geht denn das?

CHARLOTTE Ich fühle mich dann unsicher und unglücklich, wenn ich weiß, daß du mich nicht wirklich siehst.

DYLAN Aber ich kann doch nicht dafür verantwortlich gemacht werden, ob du dich unsichtbar fühlst?

CHARLOTTE Doch, ich glaube, das ist der Sinn.

DYLAN Von was?

CHARLOTTE Daß man sich gegenseitig sieht und dadurch sichtbar wird.

DYLAN Das ist mir zu metaphysisch, tut mir leid. Der Sinn von Liebe ist, daß unsere Hormone in Gang kommen und wir Kinder in die Welt setzen.

CHARLOTTE Das meinst du jetzt nicht im Ernst.

DYLAN *zuckt die Achseln* Ach, schon vergessen. Ich rede nicht gern über die Liebe. Sie ist wie ein Ventilator, der mal heiße Luft und mal kalte Luft in deine Richtung bläst und mal überhaupt keine. Keiner weiß, warum.

CHARLOTTE O Gott.

DYLAN Was?

CHARLOTTE Du könntest dir wenigstens ein bißchen Mühe geben.

DYLAN Ich glaube, das tue ich. Ich sehe dich genau an und frage mich, was dich glücklich machen könnte, und dann versuche ich, es dir zu geben.

CHARLOTTE Wie zum Beispiel das blaue Kleid und die roten Schuhe.

DYLAN Zum Beispiel. Wolltest du doch unbedingt haben.

CHARLOTTE Und dann schaust du mich genau an in dem

blauen Kleid und in den roten Schuhen und merkst dir das Bild und schreibst drunter: Charlotte – glücklich.

DYLAN Es hat keinen Zweck.

Er steht auf und fängt an abzuräumen.

CHARLOTTE Setz dich hin. Jetzt setz dich hin!

DYLAN Es bringt doch nichts. Wir reden und reden …

CHARLOTTE Setz dich.

Dylan setzt sich widerstrebend. Charlotte geht vor ihm auf und ab und hebt ihr Nachthemd hoch.

CHARLOTTE Fällt dir überhaupt nichts auf?

DYLAN O Gott, Charlie, bitte nicht noch ein Test.

CHARLOTTE Guck hin!

DYLAN Was soll ich denn sehen?

CHARLOTTE Siehst du nichts?

DYLAN Nein.

CHARLOTTE Ist das der Hintern, den du kennst?

DYLAN Ja. Na, klar.

Charlotte läßt sich neben ihn auf die Couch sinken.

CHARLOTTE Ich habe mir den Hintern absaugen lassen.

DYLAN Erzähl keinen Quatsch.

CHARLOTTE Rausgeschmissenes Geld, wie man sieht.

DYLAN Das hast du nicht im Ernst gemacht.

CHARLOTTE Ach, Dylan.

DYLAN Und ich hab das nicht gemerkt?

Pause. Beide sind unendlich traurig. Charlotte nimmt eine Serviette vom Tisch und bindet sie Dylan um die Augen. Sie legt seine Hand auf ihre Brust.

CHARLOTTE Bin ich's? Sag's mir? Wer bin ich? Sag's mir, Dylan? *flüstert* Sag mir, Dylan, wer ist das hier?

DYLAN Ich glaube, das ist hier Charlotte, ... aber sicher bin ich mir nicht, ... das ist ja das Problem, ganz sicher bin ich mir nie, wer du bist. Der Busen hier, ... doch, fühlt sich richtig an, der Bauchnabel ... nee, der geht in die falsche Richtung, ... die Schenkel haben die richtige Muskulatur, aber hier, das linke Knie – nein, daran kann ich mich nicht erinnern. Auf gar keinen Fall. Nein, tut mir leid. Meine Frau ist das nicht ... nicht an dieser Stelle, aber hier ... hier fühlt es sich wieder so verdammt vertraut an. An dieser Stelle hier könnte ich meinen Kopf drauf verwetten ...

Charlotte legt seine Hand überall auf ihren Körper.

CHARLOTTE *flüstert* Soll ich dir was verraten? Vorhin, als ich dachte, es sei deine Hand, die mich berührt, habe ich das ziemlich aufregend gefunden.

DYLAN Obwohl du wußtest, daß ich es nicht war?

CHARLOTTE Ich habe diese Hand gespürt und habe versucht, dich darin zu finden, in dieser Hand, sie war fremd und vertraut zugleich. Und weil sie fremd war, war sie aufregend, und weil ich sie gleichzeitig für vertraut gehalten habe, habe ich stillgehalten und es sogar ... sogar genossen, ... ja, es war ... es war geil ... Und ich habe dich zum ersten Mal vielleicht ein bißchen verstanden, daß du es nicht magst, wenn ich dir zu vertraut bin, daß du mich wegschiebst, manchmal mit großer Brutalität, um dieses Gefühl wiederzufinden, daß ich jemand anderes bin…

Dylan bewegt sich nicht, seine Hand auf ihrer Brust.

CHARLOTTE Dylan? Hey, Dylan, du weinst ja …hey…

Sie tupft die Tränen ab, die unter der Serviette hervorquillen.

CHARLOTTE Warum weinst du denn jetzt?
DYLAN Weil du mir nie zuhörst.
CHARLOTTE Aber ich höre dir doch zu.
DYLAN Nein, das tust du nicht. Du hörst nur scheinbar zu, so wie man Radio hört, aber im gleichen Moment, wo du's hörst, hast du es wieder vergessen.
CHARLOTTE Was hast du denn gesagt?
DYLAN Was Wichtiges.
CHARLOTTE Bitte, sag's noch mal.
DYLAN Jetzt geht's nicht mehr.
CHARLOTTE Bitte.
DYLAN Nein, es kostet mich so viel Überwindung, es überhaupt zu sagen, daß ich es nicht noch mal sagen kann.
CHARLOTTE Das ist jetzt ein blödes Machtspiel.
DYLAN Nein, du bist nur so verdammt egozentrisch in deiner Vorstellung von mir, daß alles, was ich sage, keinen Platz darin hat.

CHARLOTTE Würdest du es bitte noch mal sagen?

DYLAN Es könnte uns retten, weißt du?

CHARLOTTE Dann sag es!!!!! Du brauchst es ja nicht zu mir zu sagen, du kannst dir ja vorstellen, ich wäre jemand anders, ... ich bin gar nicht ich. Eine ganz andere Frau sitzt vor dir, dieser Körper ist nicht mein Körper, ... es ist der Körper, den du dir vorstellst ...

Dylan befühlt immer noch mit verbundenen Augen ihren Körper.

DYLAN Ich erzähle dir was, fremder Körper: Ich kenne eine Frau, die heißt Charlotte. Ich nenne sie Charlie, was sie nicht mag. Sie mag überhaupt recht wenig. Sie mag nicht, wie sie aussieht, sie mag nicht, wie sie lebt, sie mag ihren Mann auch nicht mehr so recht, weil sie meint, er mag sie nicht mehr so, wie er sie mal mochte.

CHARLOTTE Stopp! Das ist völliger Quatsch.

DYLAN Ich rede nicht mit dir. Halt die Klappe. Auf jeden Fall ist sie unglücklich, und ihr Mann kann nichts daran ändern. Sie besteht auf einer Form von Liebe, wie sie am Anfang war, frisch und aufregend und jeden Tag besonders. Sie hat sich in dieser Zeit eingegraben wie ein Maulwurf und weigert sich ans Licht zu kommen und zu sehen, daß sich die Landschaft verändert hatte. Andere Jahreszeit ...

CHARLOTTE Es war Frühling, und jetzt ist es plötzlich Winter ...

Sie rückt von ihm ab, aber er greift nach ihr. Hält sie fest.

DYLAN Egal, was ist, es ist ihr nie genug. Nie ist es genug, wenn es nicht so sein kann, wie es war. Und da das nach Adam Riese nicht sein kann, weil sich alles verändern muß …

CHARLOTTE Das ist nicht Adam Riese sondern Buddha.

DYLAN Dann eben Buddha. Weil sich also alles verändern muß und nicht so bleiben kann wie es war, ist es nie genug. Es ist für ihren Mann, ein schrecklich oberflächlicher Mensch, nebenbei gesagt, ein Aktienmillionär, dem Geld gar nicht wichtig ist …

CHARLOTTE Hahaha.

DYLAN Für den armen Kerl ist das hart. Wenn es nie genug sein kann, was macht man dann? Man haut sich den Wanst mit was anderem voll, damit man den Hunger nicht so spürt. Er ist der ständige Versager, weil es ihr nie genug ist. Ganz gleich, wie viele Millionen er scheffelt, es ist nie genug. Nie genug richtige Liebe.

Er haut aufs Sofa ein.

DYLAN Nie genug! Nie genug!

Charlotte steht leise auf und setzt sich ganz weit weg von ihm auf einen Stuhl.

DYLAN Und dann hört sie nicht zu, wenn er sagt, daß der Sinn der ganzen Chose vielleicht der ist, Kinder in die Welt zu setzen. – Charlotte, warum haben wir eigentlich keine Kinder? Sag mir das. Warum haben wir keine Kinder? – Charlotte? Hey! Wo bist du?

Er steht auf, streckt seine Arme aus und versucht, sie zu finden, wie beim Blindekuhspiel, aber sie ist zu weit weg. Er rudert, aber er weiß nicht, wo er sie suchen soll.

DYLAN Charlotte? Charlie? Schatz, wo bist du?
CHARLOTTE *leise* Hier bin ich. Hier.

Vorhang.

Achte Szene

Boris und Anette im Auto im Schneegestöber. Sie fahren durch die Häuserschluchten, die erleuchteten Wohnungen in den riesigen Siedlungen wie gelbe Waben in der Nacht. Stumm fahren sie nach Hause. Dann fangen sie plötzlich gleichzeitig an zu reden.

ANETTE So eine Scheiße.

BORIS Fuck the whole shit.

ANETTE Das war der größte Scheißabend, den ich je erlebt habe.

BORIS Das kannst du laut sagen.

ANETTE Ich kann überhaupt nicht glauben, daß ich das mitgemacht habe, diesen Schwachsinn.

BORIS Warum hast du es denn mitgemacht?

ANETTE Weil du mitgemacht hast.

BORIS Ich? Ich wollte überhaupt nicht.

ANETTE Du hast doch gleich gewettet …

BORIS Aber nur, weil Dylan …

ANETTE … Du wolltest Dylan eins auswischen.

BORIS Ich habe wirklich geglaubt, wir würden uns erkennen und Dylan und Charlotte nicht, weil wir glücklich sind und die nicht.

ANETTE Das stimmt ja auch.

BORIS Wir haben so ein Glück, weißt du das?

ANETTE Ja, aber wir haben uns nicht erkannt im Dunkeln.

BORIS Die anderen auch nicht.

ANETTE Eigentlich war alles Charlottes Schuld...

BORIS Warum trennen sie sich nicht einfach?

ANETTE Sie hoffen, daß es noch mal anders wird.

BORIS Das hofft jeder.

ANETTE Was? Du hoffst, daß es mit uns noch mal anders wird?

BORIS Nein, aber ich hoffe, daß unser Leben irgendwann anders wird.

ANETTE Mehr Geld, meinst du?

BORIS Könnte nicht schaden.

ANETTE Oder aber doch, wie bei Dylan und Charlotte.

BORIS Du meinst, das hat was mit ihrem plötzlichen Reichtum zu tun, daß sie sich nicht mehr vertragen?

ANETTE Ja, er macht sie ängstlich und starr.

BORIS Eigentlich sollte man das Gegenteil vermuten.

ANETTE Jetzt sei doch nicht so naiv.

BORIS Ich bin der Ansicht, daß Geld frei macht.

ANETTE Du spinnst.

BORIS Allein schon deshalb, weil man, wenn man keins hat, nur an Geld denkt und an nichts anderes.

ANETTE Gegenbeweis: Dylan und Charlotte. Seit sie Geld haben, denken sie noch mehr an Geld als vorher.

BORIS *seufzt theatralisch* Ach, die Armen.

ANETTE Und du?

BORIS Was?

ANETTE Wir haben doch genug.

BORIS Genug?

ANETTE Naja.

BORIS Willlst du nie in deinem Leben erster Klasse fliegen?

ANETTE Ich will nicht ausschließlich darüber nachdenken, was ich nicht habe!

BORIS Die meisten Menschen denken nun mal ausschließlich an Geld.

ANETTE Glaube ich nicht.

BORIS Aber ich glaube das. Hier, hinter all diesen Vorhängen rattert es in den Köpfen wie in Rechenmaschinen: Wenn ich nächsten Monat eine Gehaltserhöhung bekomme, wenn endlich meine Tante stirbt und ich erbe, wenn ich mir doch bloß nicht diese Scheißaktien hätte aufschwatzen lassen, meine Krankenversicherung bringt mich um, schon wieder eine Mieterhöhung... Meine Frau schmeißt das Geld zum Fenster raus, mein Mann verplempert all unser Geld für seinen blöden Computer, wenn alle jetzt hier die Fenster aufmachen und rufen würden, an was sie gerade denken, könntest du sie alle ein und dasselbe Wort in die Nacht brüllen hören: GELD!!!

ANETTE Nein. Das stimmt nicht. Die Menschen denken nicht nur an Geld. Das glaube ich einfach nicht, ...sie streiten und reden und lieben sich...

BORIS Aber meistens passiert gar nichts. Die Leute sitzen nur da und starren in die Luft und warten darauf, daß irgendwas passiert...

ANETTE Sie denken nicht zuerst an Geld, sie zerbrechen sich die Köpfe über die Liebe.

BORIS Ach, Nettchen, du bist sooo romantisch.

ANETTE All diese Leute allein in ihren Wohnungen denken drüber nach, wie sie an Liebe rankommen. Wie sie mal eine hatten, wie sie sie bekommen und dann wieder verloren haben, wie schön es am Anfang war und wie schrecklich am Ende. Und wo sie hin ist, so plötzlich…

BORIS Nein, nein, die denken an Geld. Kohle, Pappe, Moos und Knete. Wie sie da rankommen, daß sie mal was hatten und es dann verloren haben, warum sie jetzt keins haben und wie anders ihr Leben wäre, wenn sie welches hätten.

ANETTE *zunehmend wütend* Zuerst kommt die Liebe, zuerst denken sie an die Liebe! Überall werden gerade Liebeslieder gesungen, du kannst sie bloß nicht hören!

BORIS *lacht* Platz eins Geld, Platz zwei Sex, und die Liebe… vielleicht Platz acht…

ANETTE Nein, verdammt noch mal! *Pause. Sieht aus dem Fenster auf die vorbeistreichenden Häuser und die erleuchteten Fenster* All diese Leute in ihren Bienenwaben stellen sich vor, wie sie gern mit jemand anders zusammen wären oder wenigstens anders und richtig mit der Person, mit der sie leben. Wie sie, statt sich anzuschweigen, miteinander reden würden, über gar nichts Besonderes, aber reden. Wie sie zusammen in der Küche sitzen würden und sich gegenseitig Brote schmieren würden, wie sie zusammen fernsehen, tanzen oder vielleicht auch Sex haben würden. Wie einfach alles sein könnte, wenn es nicht so verdammt schwierig wäre, darüber denken sie nach. Und warum sie in der Falle sitzen. Überall nur Arrangements, aber kein wirkliches Leben.

BORIS Was ist das denn? Das wirkliche Leben?

ANETTE Das andere Leben. Alle sehnen sich nach etwas anderem. Die glücklichen, die wirklich zusammen leben, weil sie sich lieben, sind so wenige. Die ganzen Familien, die, wenn ihre Mörderphantasien ans Licht kämen, alle eingesperrt werden müßten, all die Wahnsinnigen, die wahnsinnig sind, weil die Liebe sie wahnsinnig gemacht hat.

Die Liebe kann dich wahnsinnig machen. Das weiß eigentlich jeder. Und obwohl Liebe ja eigentlich ganz schön retro ist, will jeder dann doch abends, wenn er nach Hause kommt, daß jemand da ist, zu dem er sagen kann: Hallo, Schatz, ich bin wieder da. Das will sogar jeder noch so abgebrühte Gangster, und entweder gibt es da jemand, den man küssen kann, oder aber nicht. Und wenn da niemand ist, muß man sich so zusammennehmen, um nicht wahnsinnig zu werden, man muß sich so anstrengen, so tapfer sein und tausend gute Bücher lesen oder endlos meditieren oder seinen Hund oder seine Katze küssen.

Vielleicht gibt es 'ne Katze, die glücklich miaut, wenn du nach Hause kommst, und ich schätze, das ist dann auch okay, wenn man seine Katze küßt oder seinen Hund.

BORIS Ganz schön traurig…

ANETTE Vielleicht, aber was ich eigentlich sagen will, ist, ganz gleich ob du mich jetzt im Dunkeln an meinem Körper erkennst oder nicht, wenn du nach Hause kommst im Winter und es schon dunkel ist in der Wohnung und du rufst: Schatz, ich bin da! Und ich rufe, ich bin hier, im Wohnzimmer, ich lieg hier auf der Couch und warte auf dich – daß das mir eigentlich viel wichtiger ist. Das ist nur meine Stimme und deine Stimme zusammen in unserer Wohnung … und das ist schon alles, aber das reicht vielleicht oder? Dieser komische Körper hier, der wird sich verändern, und ich bin nicht wirklich mein Körper, verstehst du?

BORIS Du bist nicht nur dein Körper, das ist klar …

ANETTE Nein, ich glaube, ich bin überhaupt nicht mein Körper, denn von keinem Teil könnte ich sagen, das ist Anette. Wo fange ich an, und wo höre ich auf? Mein Busen allein, bin das ich? Meine Haut – ist meine Haut das, was mich zu Anette macht? Mein Bauch? Meine kleine Speckrolle hier? Meine Beine? Meine ziemlich tollen Beine? Sie sind vielleicht Teile von mir, aber sie sind nicht Anette.

BORIS Ich konnte dich nirgendwo finden, als ich dich mit verbundenen Augen angefaßt habe … oder eben nicht dich. Du warst nicht in den einzelnen Körperteilen, das Wichtigste hat gefehlt …

ANETTE Und trotzdem hast du gedacht, ich bin es?

BORIS Ich habe dich nicht gefunden in dem Körper, aber es hätte genausogut deiner sein können, und das Risiko zu sagen, du bist es, erschien mir kleiner als zu sagen, du bist es nicht.

ANETTE Mit verbundenen Augen ohne Stimme, ohne Geruch waren wir eigentlich nur noch ein paar gute dicke Schnitzel …

BORIS Noch recht frische Schnitzel, zum Glück …

ANETTE Stinken tun wir noch nicht …

BORIS Aber wenn wir nicht unser Körper sind, wer sind wir dann?

ANETTE Du bist mein Traum und ich vielleicht deiner …

BORIS Das klingt schön. Nur so ein bißchen luftig, so schwerelos, … als könnte es einen, wusch, wegwehen …

ANETTE Stimmt ja auch. Kann ja alles, wusch, weggeweht werden. Davor fürchte ich mich.

ANETTE Ich laß dich in meinen Träumen sein, wenn ich in deinen sein darf.

BORIS Bob Dylan.

ANETTE Das habe ich auch gedacht, als wir da standen wie die Deppen, nackt, mit verbundenen Augen – ich bin da, weil du da bist. Ich fühle mich als Anette, weil du mich als Anette siehst. Wenn du mich nicht mehr siehst, werde ich jemand anders. Ich löse mich auf, … und für jemand anders bin ich dann auch jemand anders …

BORIS Huch, das klingt ein bißchen beängstigend.

ANETTE Aber ich glaube, es stimmt, sonst könnte man nicht immer wieder lieben, … sonst wäre man so starr und fest wie in Aspik eingelegt …

BORIS Anette in Aspik. Nein, du bist nicht in Aspik und ich auch nicht.

ANETTE Manchmal habe ich vielleicht Lust, uns beide so in Bronze zu gießen, damit uns nichts passiert, wir nicht weggeweht werden und unsere Liebe schön an einem Platz bleibt.

BORIS Wir wären zwei riesige Staubfänger.

ANETTE Ich glaube, das passiert den meisten, sie werden zu Staubfängern, und ihre Liebe sitzt irgendwo in einer Ecke im Wohnzimmer und nagt an einem alten Knochen.

BORIS Das passiert uns nicht.

ANETTE Ich weiß nicht.

BORIS Ach, warum sagst du nicht einfach: Nein! Das passiert uns auf gar keinen Fall!

ANETTE Es wäre naiv.

BORIS Na und?

ANETTE Ich möchte vorbereitet sein.

BORIS Worauf?

ANETTE Wenn's passiert.

BORIS Was?

ANETTE Wenn ich nicht mehr im Dunkeln rufe: Hier bin ich!

BORIS Warum solltest du das nicht mehr rufen?

ANETTE Weil ich vielleicht lieber noch ein bißchen allein im Dunkeln sitzen möchte...

BORIS Ich würde so lange warten, bis du wieder rauskommen würdest aus deiner Höhle.

ANETTE Das würdest du?

BORIS Logisch.

ANETTE Okay, manchmal wäre ich gern noch ein bißchen in meiner Höhle. Ohne dich.

BORIS Ich dachte, Frauen gehen nicht in die Höhle, nur die Männer.

ANETTE Ist Quatsch. Ich bin gern allein. Ich hab nur Angst, daß wenn ich nicht gleich »hier« rufe, daß du dann verschwindest.

BORIS Ich würde dir Essen vor die Höhle stellen.

ANETTE Echt?

BORIS Klar. Spaghetti und Kirschauflauf und Glasnudelsuppe...

ANETTE Dann wäre ich schnell wieder draußen.

BORIS Eben.

ANETTE Was würdest du sagen: Ist unsere Liebe für dich eher Vordergrund oder Hintergrund in deinem Leben?

BORIS Verstehe ich nicht. Und was ist jetzt besser?

ANETTE Es ist keine Frage von besser, nur von anders. Ich sehe dich vor mir, alles, was ich tue, bezieht sich auf dich – das ist Vordergrund, oder ich habe dich hinter mir, und alles, was ich tue, tue ich auf diesem Hintergrund.

BORIS Dann bin ich, glaube ich, lieber hintergründig als vordergründig.

ANETTE *lacht* Ich weiß.

Pause.

BORIS Du hast mich wirklich nicht erkannt, da vorhin, nackt im Dunkeln?

ANETTE ... Es war mir nicht wichtig, ob das jetzt dein Körper ist und ob er so oder anders ist...

BORIS Ich liebe deinen Körper so, wie er ist.

ANETTE Aber wenn er sich jetzt verändern würde, weil ich plötzlich alle Disziplin aufgebe und jeden Tag von morgens bis abends Spaghetti essen würde ...

BORIS ... und Kirschauflauf. Meinen berühmten Kirschauflauf...

ANETTE ... deinen berühmten Kirschauflauf. Oder mein Körper würde sich verändern, weil ich krank wäre...

BORIS Das wird nicht passieren.

ANETTE Es wird passieren, mein Liebling.

BORIS Nein, nein.

ANETTE Doch! Was meinst du, wie ich mit fünfzig aussehe?

BORIS Darüber denke ich nach, wenn du fünfzig bist.

ANETTE Dann sehe ich bestimmt nicht mehr so aus wie jetzt, aber ich bin immer noch ich.

BORIS Das will ich hoffen.

ANETTE Du verstehst nicht, was ich meine.

BORIS Es macht mich ein bißchen kribbelig, was du meinst.

ANETTE Ich bin nicht mein Körper und du nicht deiner. Das heißt, wir sind mehr als das.

BORIS Aber irgendwo will ich mich festhalten können…

ANETTE Tja, das geht wohl eben nicht. Vielleicht ist das der springende Punkt. Ich hab auf jeden Fall gemerkt, als ich diesen Männerkörper da so angefaßt habe, …der auch nur ab und zu ein Männerkörper war…

BORIS Hast du Dylan an die Eier gefaßt?

ANETTE Nein!

BORIS Dann hättest du aber hoffentlich gleich gewußt, daß ich es nicht bin!

ANETTE Ach, du wieder. Ich versuche, dir hier eine wirklich große Erfahrung mitzuteilen, und du denkst nur daran, wer den Größeren hat.

BORIS Eben die realen Dinge, an denen man sich festhalten kann.

ANETTE Willst du es jetzt wissen oder nicht?

BORIS Ja, unbedingt. Erzähl's mir. Ich hab's so gern, wenn du mir was erzählst.

ANETTE Meine Hände haben nicht gewußt, ob das jetzt dein Speck ist oder nicht, aber ich wußte, daß du überall da bist, wo ich bin, weil…

BORIS So astralkörpermäßig…

ANETTE Du kannst es nennen, wie du willst, aber solange ich dich liebe, kannst du nie wirklich abwesend sein, weißt du? Und mit verbundenen Augen warst du ganz klar da ... so klar wie sonst selten. Klarer fast, als wenn du so neben mir sitzt.

BORIS Ich weiß, was du meinst. Manchmal sitze ich im Büro und hacke auf meinem Computer herum, und ganz plötzlich rieche ich dich, und du bist da, so überall um mich rum und in mir drin, einfach überall, dann grinse ich vor mich hin wie ein Honigkuchenpferd und bin ...

ANETTE Ja?

BORIS Glücklich.

ANETTE Siehst du. So ungefähr meine ich das. Und deshalb ist es vielleicht auch nicht so schlimm, wenn unsere Körper verfallen, oder?

BORIS Na ja. Aber wenn ich ehrlich bin, habe ich mit verbundenen Augen vorhin gedacht: Ein Busen ist auch nur ein Busen. Ein Busen ist ein Busen ist ein Busen. Der Rest ist meine Phantasie.

ANETTE Sie hat einen ziemlich tollen Busen, was?

BORIS Hörst du auf! Ein Busen ohne meinen Kopf ist nur ein Busen, aber dein Busen und mein Kopf ist der schönste Busen der Welt ...

ANETTE Danke.

Anette dreht das Radio lauter, Boris hält das Auto an, macht die Scheibenwischer aus, der Schnee fällt auf die Scheibe. Sie schließen die Augen und betasten sich vorsichtig.

Vorhang.

Neunte Szene

Die Wohnung von Emilia. Die Tür geht auf, Emilia kommt herein, gefolgt von Felix.

EMILIA Verschwinde, habe ich gesagt.
FELIX Man wird ja wohl noch mal aufs Klo gehen dürfen.

Felix geht aufs Klo, Emilia wirft sich aufs Sofa. Felix kommt wieder heraus, steht unschlüssig herum. Emilia wirft einen Schuh nach ihm.

EMILIA Hau ab! Verpiß dich!

Er setzt sich neben sie und läßt sie heulen.

EMILIA Du sollst gehen. Ich will allein sein und meine Ruhe haben.
FELIX Du willst alleine vor dich hin heulen?
EMILIA Ich heule nicht!
FELIX Na klar heulst du.
EMILIA Das geht dich nichts an!
FELIX Okay, dann gib mir ein bißchen von der Pappe ab, ein paar höfliche Prozent, und ich verschwinde.
EMILIA Ich habe das blöde Geld nicht.

FELIX Komm, Emmy, jetzt keine Spielchen.

EMILIA Ich hab's nicht!!!!!

FELIX Ich hab doch genau gesehen, wie du den Umschlag genommen hast.

EMILIA Ich habe ihn zurückgegeben. Ich habe ihn Charlotte gegeben.

FELIX Ich glaub das nicht.

EMILIA Dann glaubst du es halt nicht. Es ist mir so egal, es geht mir so am Arsch vorbei, ob du das glaubst oder nicht...

FELIX Gib's schon her!

EMILIA Ich hab's nicht!!!!!!

Felix durchwühlt ihre Handtasche, dann ihren Mantel, dann wirft er sich auf sie und durchsucht sie unter Emilias heftigem Protest.

EMILIA Hau ab, du Blödmann!

FELIX Du hast es wirklich nicht?

Sie schweigen.

FELIX Sowas verstehe ich einfach nicht. Ich besorge dir mal schnell weit über zehntausend Mark, und du ... du...

EMILIA Es war dummes Geld.

FELIX Aha, plötzlich gibt es Geld mit Abitur und Geld ohne, oder was?

EMILIA Ich will kein Geld von dir.

FELIX Es war ja gar nicht von mir. Es war Geld von denen für dich...

EMILIA Ach, Scheiße.

FELIX Eine Liebestat.

EMILIA Von denen?

FELIX Dreimal darfst du raten.

EMILIA Eine Liebestat von dir. Ich lache mich kaputt.

FELIX So war es aber gemeint.

EMILIA Nein, es war eine blöde Abzocke, das Ganze, das weißt du ganz genau.

FELIX Wie sehr du mich verachtest.

EMILIA Tu ich nicht.

FELIX Hör dich doch mal an.

EMILIA Ich wollte das Geld nicht, weil ich es nicht fair fand, wie du mit ihnen gespielt hast, okay?

FELIX Fair?! Was soll das schon sein? Die sind doch auch nicht fair. Dylan hätte mir mit seinem kleinen Finger einen Job geben können, damals, und später hätte er vielleicht zwei Finger dazu gebraucht – aber niente, null, gar nichts. Fair! Was für ein altmodisches Konzept.

EMILIA Du hast mit ihnen gespielt, um dich zu rächen, und das hast du geschafft.

FELIX Ach, Quatsch.

EMILIA Du hast Streit und Unfrieden gesät, und warum?

FELIX Soll ich dir was sagen?

EMILIA Nein, du sollst verschwinden. Geh nach Hause.

FELIX Ich sag's dir trotzdem. Weil ich eifersüchtig auf sie bin.

EMILIA Das wissen wir schon. Auf jeden, der eine Mark mehr hat als du.

FELIX Nein, nicht auf ihr Geld. Das vielleicht auch, aber nicht heute abend, heute abend hat es mich einfach wahnsinnig gemacht, wie glücklich alle schienen, wie »zusammen«, so kleine unzerstörbare Einheiten …

EMILIA Du weißt doch ganz genau, daß Charlotte und Dylan Riesenprobleme haben, und Boris und Anette, … na ja, die beiden halten sich ganz wacker, … auf die bin ich manchmal auch ein bißchen eifersüchtig …

FELIX All dieses hausgemachte Glück hat mich plötzlich angekotzt, dieses Ramagefühl, das sie alle ausstrahlen, zusammen auf der Terrasse frühstücken und sich gegenseitig aus der Zeitung vorlesen …

EMILIA Oh, super – Dylan, der einem die Börsenkurse morgens vorliest, was für ein wahnsinniges Glück …

FELIX Du weißt genau, wovon ich spreche. Und dann sahst du auch noch so schön aus in deinem roten Kleid, und das rote Kleid hattest du zum letzten Mal an, als Helmut und Biene geheiratet haben, und wir hatten noch dieses Sonntagmorgengefühl, zusammen im Bett, und ich hab Kaffee gekocht, und wir haben die Sendung mit der Maus gesehen und Zeitung gelesen und ein bißchen gevögelt und dann geschlafen und später eine Pizza bestellt. Das war der Himmel auf Erden für mich … und jetzt … jetzt wache ich am Sonntag morgen auf und möchte sterben. Will am liebsten eine Schlaftablette einwerfen, damit ich den ganzen Sonntag durchschlafen kann. Das mache ich natürlich nicht, weil ich nicht auch noch 'ne Barbiturat-Abhängigkeit brauche, ich stehe also auf und red mir ein, daß das Leben so allein und unabhängig 'ne prima Sache ist. Ich koche mir keinen richtigen Kaffee, weil der in der Kanne eh nur kalt werden würde, also mache ich mir Nescafé, der nur fies und bitter schmeckt, aber ich tue so, als wäre das jetzt ein toller Kaffee, mit dem ich dann zurück ins Bett gehe, und dann mache ich den Fernseher an und bemühe mich krampfhaft, auf keinen Fall die Sendung mit der Maus zu erwischen, denn dann würde ich wahrscheinlich heulen. Und Hunger habe ich auch, aber kann mich einfach nicht überwinden, mir was zu essen zu machen. Ich schleppe mich unter die Dusche und rede mir weiter ein, daß ich eigentlich total gut drauf bin, und das Wetter ist so toll, und deshalb ist natürlich keine Sau in der Stadt, alle sind auf dem Land mit Kind und Kegel, und dann habe ich bereits so einen komischen Kloß im Hals, aber hey! Ist doch super, so allein und unabhängig zu sein, und ich fahre dann ins Venezia und bestelle mir einen Schinkenkäsetoast und einen Cappuccino, und sehe mich um – und da sitzen lauter so Typen wie ich. Mutterseelenallein, und alle tun so frisch rasiert und flott und unabhängig. Mein Magen dreht sich fast um bei dem Anblick, aber wir sehen alle klasse aus, und keine blöde Braut hängt an unserem Arm und labert uns voll, und kein Balg sabbert uns übers Hemd, uns geht es prima. Mir geht es total prima.

EMILIA Mir auch.

FELIX Ich vermisse dich.

EMILIA Du vermißt deinen gemütlich stinkenden Fuchsbau, aber nicht mich.

FELIX Ich vermisse dich, du blöde Ziege.

EMILIA Ich vermisse dich vielleicht auch manchmal, aber du vergißt, wie es jahrelang war: So war's: Ja, wir liegen zusammen im Bett rum und sehen die Sendung mit der

Maus und trinken Kaffee und lesen Zeitung, und gleichzeitig nagt ein schrecklicher Wurm an uns, ein ganzer Termitenschwarm frißt uns das hübsche Zwergenhäuschen weg: weil alles nur noch die hundertste Wiederholung von etwas ist, das mal wild und schön und romantisch war, aber es jetzt einfach nicht mehr ist, und keiner von uns will es sagen, dabei steht es in riesigen Neonbuchstaben über unseren Köpfen: Wir haben Mundgeruch, und wir riechen ihn gegenseitig! Eigentlich möchten wir schon lange raus aus diesem Fuchsbau, aber wir wissen nicht wie. Wir wissen nicht wohin, weil wir gar nicht mehr wissen, wer wir allein sind und was man sonst noch so allein machen könnte. Wir kämen uns blöd und unpassend vor, wenn wir jetzt plötzlich in ein Museum gingen, allein, oder allein ins Venezia, obwohl wir doch so gut wie verheiratet sind. Das tut man doch nur, wenn man Zoff hat, dann geht man vor Wut allein einen Kaffee trinken. Wir öden uns an und trauen uns jahrelang nicht, das zuzugeben. Statt dessen versuchen wir zu vögeln. Du machst die Augen zu und drehst dich zu mir. Immer dasselbe Zeichen. Daraufhin soll ich deinen Schwanz anfassen, was ich dann auch meistens getan habe, um des lieben Friedens willen und weil mir auch nichts Besseres einfiel, und dann wälzt du dich auf mich, und das geht dann so etwa vier Minuten lang, und dann haben wir das auch wieder hinter uns …

FELIX So hast du das empfunden?

EMILIA Die letzten Jahre schon. Wir hatten panische Angst, unseren Bau zu verlassen, unsere eigenen Wege zu gehen und uns wieder fremd zu werden.

FELIX Das ist ja auch immer das Ende.

EMILIA Nein, glaube ich nicht. Wenn man sich nicht wieder fremd wird, kann man sich auch nicht nah sein.

FELIX Aber das ist doch gerade das Schöne, daß man sich so nah ist und daß einem nichts mehr fremd ist am anderen.

EMILIA Das ist Bullshit. Das ist nichts als Angst. Dieses Kleinkindverhalten, in das man verfällt. Mein Putzilein, mein Difidaffi, dududu, dadadada ... Mausilein, Dikkerchen, mein kleiner Schnutz, ... das ist der Untergang. Wie will man da noch vögeln? Dududididu? Das hat uns umgebracht. Die Sendung mit der Maus hat uns umgebracht.

FELIX Ich war zu Hause.

EMILIA Ja, aber du vergißt, daß du, weil es hier so gemütlich und sicher war, deine Affären gehabt hast.

FELIX Du doch auch. Das hat uns umgebracht, nicht die Sendung mit der Maus.

EMILIA Weil wir nicht den Mut hatten, uns wieder fremd zu werden. Dafür haben wir uns lieber Fremde gesucht.

FELIX Das passiert irgendwann allen. Fremdes Fleisch ist einfach geil.

EMILIA Fremdes Fleisch ist einfacher, nur weil es fremd ist.

FELIX Vielleicht hätten wir uns dann ab und zu die Augen verbinden sollen.

EMILIA Vielleicht.

FELIX Vorhin, als die anderen die Augen verbunden hatten ...

EMILIA Ich will nicht mehr darüber reden ...

FELIX Da hast du mich geküßt wie ganz, ganz früher ...

EMILIA Halt die Klappe! Ich will nicht mehr über diesen blöden Abend reden!

FELIX Aber du hast mich geküßt …

EMILIA Ich war betrunken.

Felix zieht sich aus.

EMILIA Was soll denn das?

Felix zieht sich immer weiter aus, bis auf die Unterhose.

EMILIA Hör auf damit! Geh jetzt endlich. Ich will allein sein! Warum läßt du mich nicht in Ruhe? Du kannst hier nicht schlafen, bild dir das nicht ein! Du wirst schön nach Hause gehen. Ich rufe dir jetzt ein Taxi, jetzt sofort.

Sie geht zum Telefon. Felix hält sie fest.

FELIX Tu mir den einen Gefallen. Den allerletzten in meinem Leben.

EMILIA Du spinnst.

FELIX Ich verspreche, daß ich dich dann für immer in Ruhe lasse. Wirklich. Ich will nur einmal noch wissen, wie das war …

EMILIA Was soll das denn?

FELIX Ich will aufhören, davon zu träumen.

EMILIA Tust du das wirklich? Träumst du davon, wie es mit uns war? – Es war nicht so toll.

FELIX Doch. Es war toll. Wir haben es versemmelt, aber es war toll.

EMILIA War es nicht.

FELIX Es war mal toll, und du weißt es ganz genau.

EMILIA Und dann war es halt nicht mehr toll, und es geht wieder weiter das Karussell, und wir besteigen irgendwann ein neues Tier, ich möchte diesmal den Schwan bitte. Und dann ist es ein paar Runden lang wieder toll, bis mir schlecht wird und ich absteigen will, aber das Karussell dreht sich dann doch noch ein paarmal, bis ich runter kann, und dann ist mir 'ne Weile schwindlig und ein bißchen mulmig, und ich schaue nur zu, wie die anderen kreischen und an mir vorbeiflitzen. Und einmal setze ich aus, und dann möchte ich doch wieder fahren, weil ich vergessen habe, wie schlecht mir geworden ist…

FELIX Faß mich an.

EMILIA Nein.

FELIX Bitte.

EMILIA Nein.

FELIX Du kannst doch so tun, als wäre ich es gar nicht…

EMILIA Du bist es aber.

FELIX Du könntest doch einfach so tun, …komm, …du vermißt es doch auch.

EMILIA Es?

FELIX Dieses Gefühl…

EMILIA Sex?

FELIX Nein, dieses andere Gefühl…

Emilia lacht. Felix nimmt seinen Schlips ab und bindet ihn Emilia um, und dann fängt er langsam an, sie auszuziehen.

EMILIA Laß den Scheiß.

FELIX Ach, komm.

EMILIA Ich hab keinen Bock auf den Quatsch.

FELIX Willst du dir statt dessen 'ne Milch warm machen, ins Bett gehen und ein gutes Buch lesen?

EMILIA Ja, das klingt gut.

FELIX Das machst du doch jeden Abend. Und jeden Abend wieder redest du dir ein, daß es dir so viel besser geht als mit mir...

EMILIA Aber es stimmt. Es geht mir so viel besser als mit dir.

FELIX Mit mir am Ende, aber nicht am Anfang. Träumst du nicht manchmal davon, wie es mit uns war ... am Anfang...

EMILIA Ich versuche, nicht daran zu denken.

FELIX Schau, ich kenne dich nicht, und du mich nicht, ... ich fasse dich an, aber ich weiß nicht, wer in dieser Haut steckt...

Er streichelt sie langsam über die Arme, zieht ihr alles aus bis auf die Unterwäsche.

FELIX Es ist alles so geheimnisvoll. In diesem Körper steckt das geheimnisvollste Wesen, das ich je kennengelernt habe, ... sie hat soooo eine weiche Haut und so einen wunderbaren Busen...

EMILIA Laß das.

FELIX Sie riecht so fremd und wunderbar. Wie der tropische Regenwald ... und Sojasprossen, ein bißchen nach Apfelkuchen, aber nur hier, nur hier, ... ich möchte wissen, wer das ist, wer da drin steckt in dieser Hülle, ... ich fasse dich an und betaste dich, ... wieder und wieder und wieder, ... überall ... und du mich ...

Er legt ihre Hand auf seine Brust, sie zieht sie weg.

FELIX Emmy, bitte. Ich verbinde mir auch die Augen. Komm, wir tun so, als wären wir Fremde ...

EMILIA Ach, Felix, was soll das denn?

FELIX Wir brauchen uns nicht zu streiten, wenn wir uns noch gar nicht kennen. Ich binde mir das Handtuch hier um die Augen, ... du siehst mich nicht, und ich dich nicht ...

Er verbindet sich die Augen, sie sitzen voreinander und berühren sich vorsichtig.

EMILIA Damals bin ich richtig erschrocken vor deinem Körper, er war so ... so anders als alles, was ich kannte. Du hast mich mit deinem Körper hypnotisiert, ich habe mich nicht mehr von der Stelle getraut ...

FELIX ... Nein, nein, ... du warst so unerschrocken, so furchtlos ... Du warst so zu Hause in deinem Körper, das hat mich umgehauen ...

EMILIA ... Ich habe meinen Körper total vergessen, so verliebt war ich, ... ich konnte nur noch an deinen Körper denken, an sonst nichts ...

FELIX ... Ich wollte dich erforschen wie eine Landkarte. Jeden Leberfleck ganz genau kennenlernen wie ein fremdes Land ...

EMILIA Mich besetzen.

FELIX Ja, vielleicht. Ich wollte, daß du mir gehörst, aber viel wichtiger noch war, daß ich zu dir gehört habe …

EMILIA Wir haben uns erobert und besetzt und ausgebeutet …

FELIX Aber die Unabhängigkeitsbewegung haben wir dann nicht ausgehalten …

EMILIA Nein. Wir hätten uns sonst verändern müssen.

FELIX Schlimmer. Wir hätten feststellen müssen, daß unsere Landkarten nicht stimmen.

EMILIA Wir waren feige.

FELIX Ängstlich.

EMILIA Beides.

FELIX Erkennst du mich?

EMILIA Ich weiß nicht. Und du?

FELIX Ich sehe dich zum ersten Mal seit langer Zeit wieder so, wie du vielleicht bist.

EMILIA Wie bin ich?

FELIX Ein Geheimnis. Ein Versprechen.

EMILIA Das klingt schön.

FELIX Es war auch schön.

EMILIA Ja, es war schön.

FELIX Ich kann dich sehen.

EMILIA Ich dich auch.

FELIX Können wir nicht auch wieder mit offenen Augen …?

EMILIA Nein, ich glaube nicht.

FELIX Wie lange, glaubst du, müßten wir so bleiben, bis wir wieder am Anfang sind?

EMILIA Vielleicht so lange, wie wir zusammen waren …

FELIX Fünf Jahre?

EMILIA Vielleicht.

FELIX Okay. Dann geht es jetzt los. Dann trennen wir uns jetzt…

Er läßt ihre Hände los und geht tastend in die eine Ecke des Zimmers, sie in die andere.

EMILIA Hast du auch wirklich noch verbundene Augen?

FELIX Ja, du kannst dich drauf verlassen.

EMILIA Geht es jetzt los?

FELIX Jetzt geht's los.

EMILIA Wo bist du?

FELIX Hier. Und du?

EMILIA Kalt, kalt, … wärmer, … es wird schon ein bißchen wärmer, … ich spür dich…

FELIX Ja, es wird ein bißchen wärmer, … hier mußt du irgendwo sein…

Sie gehen mit ausgestreckten Armen langsam aufeinander zu.

Wir entfernen uns von ihnen, aus dem Fenster hinaus, die Straße entlang, bis wir hoch über Berlin sind und hinunterschauen auf die glitzernden Lichter der Stadt.

Vorhang.

Diogenes Taschenbuch 23355

de
te
be